DÜSSELDORF KRIMI
3

Hen Hermanns, Jahrgang 1953, schreibt Romane und Drehbücher und ist Creative-Director in einer Düsseldorfer Werbeagentur. Was mit sich bringt, daß er auch in Düsseldorf wohnt.

Hen Hermanns

Das große Gripschen

Emons Verlag Köln

Umschlaggestaltung: Atelier Schaller, Köln
Umschlagzeichnung: Heribert Stragholz
Umschlaglithografie: Media Cologne GmbH, Köln
Druck und Bindung: Clausen & Bosse GmbH, Leck
Printed in Germany 2001
ISBN 3-89705-204-0

www.emons-verlag.de

Für Henri

»Life is hard. It's harder if you are stupid.«
George V. Higgins, *The Friends of Eddie Coyle*

1.

Der Typ sah aus wie dieser Düsseldorfer Maler, den sie mal auf einer von Henriettes Benefiz-Veranstaltungen gesehen hatte. Dieses Boxergesicht mit den sinnlichen Lippen, Glatze, Dreitagebart. Immenheim oder so hieß der. Trug einen schwarzen, weitgeschnittenen Designeranzug und darunter ein schwarzes T-Shirt. Und dieses Lächeln. Wahnsinn. Zuerst war sie erschrocken, als er plötzlich da stand, aber jetzt verbeugte er sich leicht, öffnete die Tür ihres Porsches und hielt ihr einladend die Hand hin. Sie sah auf die riesige Hand und an der Hand vorbei zwischen seine Beine. Linksträger. Genauso prominent wie seine Nase, da war wirklich was dran. Na ja, warum auch nicht.

Sie legte ihre Hand in seine Pranke, die warm war, aber angenehm trocken. Er half ihr aus dem Wagen, immer noch lächelnd, sagte nichts. Er gefiel ihr, er gefiel ihr wirklich gut. Sie war froh, daß sie den Pelz nicht zugeknöpft hatte. Als sie ausstieg, öffnete sich der Mantel, und sie konnte ihm zeigen, was sie zu bieten hatte.

»Danke«, sagte sie. »Das ist aber wirklich nett.«

Er lächelte, schwieg immer noch. Legte seine Pranken statt dessen auf ihre Schultern, als sie ihm jetzt gegenüberstand. Wie ein Seeräuber, der sie gleich entführen und in seiner Kajüte aufs Bett werfen würde. Er zog ihr mit einer einzigen, kraftvollen Bewegung den Mantel aus.

»Was machen Sie denn da?« fragte sie mit ihrer Kleinmädchenstimme.

Er lächelte noch breiter. Schien ihm zu gefallen, was er da sah. Der Micromini und das bauchfreie Tanktop brachten es wirklich. Hauteng und goldmetallic. Und dazu die Cowboyboots aus Ibiza. Sie fuhr sich mit der Zunge über die Lippen, gespannt, was er als nächstes anstellen würde.

»Ich nehm den Mantel mit«, sagte er schließlich.

»Wie, ich nehm den Mantel mit?«

»Ist das so schwer zu verstehen? Ich nehm ihn mit. Er ist nicht bezahlt. Der Scheck war nicht gedeckt. Auf die Mahnungen haben Sie nicht reagiert. Schönen Tag noch.«

Und dann drehte er sich um und ließ sie einfach stehen und ging weg mit dem Mantel, warf ihn sich über die Schulter.

»Hey, was fällt Ihnen ein! Es sind fünf Grad minus, ich frier mich zu Tode!«

Er drehte sich um. Sah sie an. Aber jetzt nicht mehr lächelnd. Sie bekam Angst. Angst wie noch nie. Lief so schnell sie konnte über die Fahrbahn und rein in die Kö-Galerie.

*

Was für eine Schickse, dachte Charly. Mindestens fünfzig. Eine Haut wie Leder. Es war unglaublich, was eine Sonnenbank im Lauf der Jahre anrichten konnte. Irgendwann, wenn die Ladys nicht mehr frisch genug waren, fingen sie an, die Zeche zu prellen, und glaubten auch noch, sie kämen damit durch. Für Straub den Pelz-Repro-Mann zu spielen, hatte schon was. Diese Kö-Schnepfen konnten es einfach nicht fassen, wenn er ihnen auf offener Straße den Pelz abnahm. Daß sie die Bullen erst gar nicht zu rufen brauchten, war denen klar. Manchmal machten sie ihm allen Ernstes ein Angebot. Aber natürlich ließ er sich nicht darauf ein. Erstens hatte er Geschmack. Und zweitens war er Profi. Als er damit anfing, aus seinem Talent Geld zu machen, hatte er es noch genossen, den Leuten eine Scheißangst einzujagen. Aber jetzt war es Routine. Die Typen zahlten ihre Schulden nicht, also wurde er engagiert. Und dann zahlten sie. Nicht, weil er ihnen weh tat, sondern weil in ihrem Kopf der Film von dem ablief, was er ihnen tun könnte. Meistens drohte er ihnen noch nicht einmal konkret Gewalt an. Er gab ihnen nur dieses Gefühl. Ganz reduziert. Der Künstler muß wissen, was er weglassen will, hatte er mal gelesen. So war das bei ihm auch. Er beschränkte sich auf die Essenz des Schreckens. Früher hatte er schon das eine oder andere Mal mit der Heckenschere gearbeitet. Das hatte bis heute keiner vergessen. Diese billige Heckenschere aus irgendeinem Gartencenter hatte ihn reich gemacht. Von allem, was er zurückbrachte, nahm er fünfzig Prozent. Und er brachte viel zurück. Klar lohnte sich Verbrechen. Er hatte schon als Zwölfjähriger andere Jungs vor der Schule mit der Androhung von Prügel erpreßt. Er blickte auf eine langjährige Erfahrung zurück. Dieser Lehrer, der ihn einmal fertigmachen wollte und sagte, er habe keinerlei Talent, für nichts und gar nichts, so ein Scheißtyp, das war es doch, wo sein Talent lag, anderen eine Scheißangst zu machen, wie dieser Lady eben. Er kannte den Gestank von Angst, er kannte die unterschiedlichsten Angstschweißgerüche, Achselschweiß, Schweiß, der aus den Arschbacken heraufkroch, das war Schweiß, mit dem man Löcher in Metall ätzen konnte. Alle hatten sie eine Scheißangst vor ihm.

Charly kniff die Augen zusammen und schüttelte den Kopf. Das war wieder so ein merkwürdiger Wutanfall, in den er sich da reinsteigerte. Hatte er manchmal in den letzten Monaten. Er regte sich einfach auf, wenn er über sich nachdachte. Na ja, verdammt, er wurde bald fünfzig, war ja auch irgendwie kein Wunder, oder? Er hatte einiges erreicht in seinem Leben. Sein Name bedeutete vielen hier in der Stadt etwas. Wenn sein Name genannt wurde, dann wurden einige Leute immer noch ziemlich blaß. Aber manchmal hatte er so seine Zweifel. Die Russen und die Albaner und die ganzen anderen Typen aus dem Osten waren anders als er. Da lief nichts mehr wie früher. Erst mal mit der Frau oder der Freundin oder den Kindern des Kerls reden, der das Geld nicht abdrücken konnte oder wollte. Ihm klar machen, daß man jederzeit an seine Family rankonnte. So ganz sensibel ein Stufenprogramm abfahren, ganz in Ruhe, das die Typen richtig unruhig machte. Nee, die Ruskis und Polacken fackelten gar nicht lange rum, die spulten die brutale Nummer ab, sofort. Klar, sie hatten Erfolg damit. Aber was war das denn? Das war doch abgefuckte Kacke. Kein Handwerk. Keine Psychologie. Keine Kunst. Nix. Die hatten keine Ahnung. Die Russen im Kniebrechergeschäft waren praktisch das, was MTV im Fernsehen war. Schnell, laut, grell, inhaltslos. Und das Schlimme war, es gab niemanden, dem er das erzählen konnte. Den er mit den Feinheiten seines Geschäfts vertraut machen konnte. Mit der Kunst eben.

Charly war zum ersten Mal darauf gekommen, daß er ein Künstler war, als er von irgendeinem Blödmann für diesen Immendorff gehalten wurde. Professor an der Kunstakademie. Ja klar, da war es ihm aufgegangen. Auch er war ein wilder Typ. Auch er war ein Künstler. Aber der Immendorff, der hatte Schüler. Charly hatte da auf einmal den Drang verspürt, einen wirklich starken Drang, sein Wissen an andere, Jüngere, weiterzugeben, und nicht nur sein Wissen, nein, seine ganze verdammte Lebensgeschichte. Da gab es Bände zu erzählen, Bände. Nur, er kriegte das einfach nicht hin. Er hatte sich ein paar Schulhefte und Stifte besorgt, aber er kriegte es einfach nicht hin. Er mußte jemanden finden, der das für ihn erledigte. Und zwar bald. Er merkte, daß er diese Wutanfälle immer öfter bekam. Das mußte aufhören. Er wollte seine Ruhe haben.

Charly warf den Pelzmantel auf den Rücksitz seines Jaguars und ging dann auch in Richtung Kö-Galerie. Paar Croissants bei »Käfer« essen und neue Zigarren kaufen. Vielleicht hing die Lady da noch irgendwo rum, und er konnte im Vorbeigehen mal eben »Buuh« sagen. Er grinste und schüttelte den Kopf. Was für ein Huhn. Und wie die meisten dieser Hühner kam sie wahrscheinlich auch noch aus dem Ruhrgebiet und kröpfte sich hier nur auf.

2.

John saß bei »Käfer« in der Kö-Galerie und ärgerte sich, daß er sich für das All-you-can-eat-Frühstücksbüfett für zwanzig Mark entschieden hatte. Nach einem einzigen Croissant hatte er schon keinen Hunger mehr. Die beiden Typen am Nebentisch machten im Gegensatz zu ihm was aus ihrem Geld und liefen wie die Ameisen zwischen Tisch und Büfett hin und her und fraßen so viel und so schnell, wie sie nur konnten. Sie hatten sich eine Flasche Veuve Cliquot dazu bestellt, mit dem sie alles herunterspülten.

»Jeden Morgen kommt der Kellner und schmeißt einfach zwei Chlortabletten in den Pool«, sagte einer der Fresser, der offensichtlich ein Toupet trug. »Der weiß ja gar nicht, was er da tut. Aber die haben auf Mallorca ja kein Gesundheitsamt wie wir.«

»Da sind doch vor kurzem zwei an Gehirnhautentzündung gestorben wegen dem Dreckswasser«, sagte der andere.

Der Toupetträger schüttelte den Kopf. »Da haben sie dir Scheiße erzählt. Vom umgekippten Wasser kannste keine innerlichen Entzündungen kriegen, höchstens 'ne Magenverstimmung. Oder irgendwelche äußerlichen Beschwerden eben. Das ist anders mit der Legionärskrankheit. Wenn die dat Duschwasser nicht richtig vorheizen, dann kannste mit den Dämpfen Bazillen einatmen, und dann kannste auch zum Beispiel Gehirnhautentzündung von kriegen.«

»Wieso heißt dat denn Legionärskrankheit?«

Ein kleiner dicker Mann sprintete plötzlich durch das Café. Er stolperte und riß den Tisch der beiden Fresser um. Rempelte John an, der glaubte, Scheiße zu riechen, als hätte der Typ sich in die Hose gemacht. Scheiße schrien auch gleichzeitig die Fresser, die fassungslos vor ihrem umgekippten Tisch und der heilgebliebenen, aber ausgelaufenen Champagnerflasche standen und dann wütend dem Kerl hinterherrannten.

Damit retteten sie ihm das Leben und verloren ihre eigenen, weil sie direkt in das Schnellfeuer von zwei Maschinenpistolen liefen, als sie gegenüber einer Boutique um die Ecke bogen. John sah die Gesichter der beiden Killer. Viereckige Köpfe, blonde Haare, kreidebleiche Haut. Sie liefen raus auf die Straße, dem Kerl nach. Einer von ihnen rutschte auf der Blutlache aus, die sich unter dem bereits toten Fresser ausgebreitet hatte, fand aber irgendwie wieder sein Gleichgewicht und rannte weiter. Nach zwei Schrecksekunden gab es die ersten Reaktionen. Eine alterslose Blondine, die John an eine Bachstelze erinnerte, sprang auf und schrie mit einer von Tausenden von Zigaretten aufgerauhten Stimme nach Hilfe. Zwei Managertypen liefen weg, weil sie keine Zeit dafür hatten, Augenzeugenaussagen zu machen oder einfach nur die Gelegenheit nutzen wollten, die Zeche zu prellen. Nach den auf den zweiten Blick ziemlich billigen Anzügen tippte John auf letzteres. Die anderen Gäste redeten durcheinander, sprangen auf oder blieben fassungslos sitzen.

John trank seinen Milchkaffee aus und ging zur Toilette. Er schloß sich in einer Kabine ein und zog sich auf dem Klodeckel eine Line. Das letzte Gramm, das er bei sich hatte. Er hatte mit zwanzig Milligramm pro Line angefangen und war jetzt bei hundert angekommen. Pro Woche zog er sich im Schnitt fünfzehnhundert Mark durch die Nase. Wenn er sich das weiter leisten wollte, mußte langsam irgendwas passieren. Ein paar Ideen hatte er ja auch schon. Richtig geile Ideen sogar. Er mußte sich nur endlich entscheiden, welche die beste war.

Als er nach zwei Minuten wieder rauskam, hatte sich eine Horde von Gaffern am Tatort zusammengerottet und behinderte Sanitäter und Notärzte. Erst als ein bulliger glatzköpfiger Typ einer besonders neugierigen Silberpappel einen so kräftigen Stoß gab, daß der Alte fast auf den Hintern fiel, bildete sich eine Schneise. Dann kamen auch die ersten Bullen und taten, was sie konnten. Schafften Platz, fragten nach Augenzeugen. John setzte sich wieder an seinen Tisch. Die Ausgänge waren mit Sicherheit schon von den Bullen abgesperrt. Die blonde Bachstelze setzte sich ungefragt zu ihm und zündete sich eine Mentholzigarette an. Schwer einzuschätzen. Irgendwo zwischen fünfunddreißig und fünfzig. Sonnenbankgebräunt, Silikon-Titten, auffällig dünne Beine. Alkoholikerfigur. Hektisch. Der Typ, der eine Tasse Kaffee nervös machen konnte.

»Hoffentlich halten die uns nicht den ganzen Tag auf«, sagte die Bachstelze. »Für heute hatte ich schon genug Ärger. Ich kann mir sowieso keine Gesichter merken. Jedenfalls keine durchschnittlichen.« Und damit lächelte sie John vielsagend an. Der lächelte zurück. Was für eine Schnepfe.

Ein Uniformierter kam an ihren Tisch. »Haben Sie etwas von dem Vorfall mitbekommen?«

»Ich hab nur die Schüsse gehört«, sagte die Bachstelze. »Gesehen hab ich nichts. Ich hatte meine Brille nicht auf, und ohne Brille bin ich, na ja, Sie wissen schon.« Der Bulle wußte schon und sah dann John an. Der schüttelte nur den Kopf.

»Darf ich mal Ihren Ausweis sehen?« fragte der Bulle.

John tat ihm den Gefallen. Der Bulle musterte abwechselnd John und das Ausweisfoto. Dann schrieb er Johns Adresse in ein Notizbuch.

»Telefon?«

John rief im Menü seines Handys die eigene Nummer auf und gab ihm das Gerät.

»Wenn Sie ein Handy haben, können Sie ja wohl auch sprechen«, sagte der Bulle.

John nickte.

»Wollen Sie mich verarschen oder was?«

John schüttelte den Kopf.

»Na gut. Kommen Sie morgen vormittag um elf Uhr ins Polizeipräsidium. Vielleicht fällt Ihnen ja doch noch etwas ein.«

John zuckte mit den Achseln. Der Bulle zog ab an den nächsten Tisch.

»Das war cool«, sagte die Bachstelze.

»Das war bescheuert«, sagte John. Er stand auf und ging grußlos weg. Warum hatte er bloß so übertrieben? Ein Besuch im Präsidium war das letzte, was er gebrauchen konnte.

3.

Tim verstellte den Rückspiegel so, daß er sein Gesicht sehen konnte.

»So einfach kommen Sie mir nicht davon, Doktor Salzmann. Nee. Doktor weglassen. So einfach läuft das nicht, Salzmann. Sie haben mir den Auftrag gegeben, und ich habe gute ... nee, ich habe geliefert, und jetzt wird gezahlt. Auf der Stelle.«

Er hielt den Kopf schief und hörte zu, was Salzmann zu sagen hatte. Darauf seine Antwort.

»Are you talkin' to me? You're talkin' to me?« Jetzt die Waffe hervorzaubern wie der Taxi Driver. Und dann: »Don't fuck with the Timster, man!« Kaboom!

Tim stieg seufzend aus seinem Käfer und ging über den Kiesweg auf die Eingangstür von Salzmanns Villa zu. Als er klingelte, drehte sich surrend eine Überwachungskamera in seine Richtung.

»Ja bitte?« Die Stimme von Frau Salzmann. Mist.

»Frau Salzmann? Ich muß Ihren Mann sprechen.«

»Der ist in einer Ausschuß-Sitzung. Wenn es um das Buch geht ...«

»Genau darum geht es. Ich will mein Geld.«

»Mein Mann hat Sie bereits bezahlt.«

»Aber nur die Anzahlung.«

»Mehr war es nicht wert.«

»Hören Sie, Frau Salzmann …«

Frau Salzmann öffnete die Tür. Links und rechts von der Frau je ein riesiger Schäferhund.

Eher vom Typ Jurassic Park als Kommissar Rex. Die Hunde knurrten.

»Seien Sie froh, daß mein Mann überhaupt etwas bezahlt hat. Und jetzt verlassen Sie sofort unser Grundstück.«

Tim erstarrte. Er wußte nicht, was er sagen sollte.

Frau Salzmann lächelte. Die Hunde knurrten lauter.

»Sagen Sie Ihrem Mann, er wird noch von mir hören«, sagte Tim mit so viel Nachdruck wie möglich, aber leider kam seine Stimme nicht wie gewünscht aus dem Bauch.

Frau Salzmann lächelte noch mehr. »Aber gern, Sie Jammerlappen.« Und drückte lautlos die Tür zu.

Als Tim wieder im Auto saß, hatte er Mühe, nicht vor Wut zu heulen. Und was für ein Weichei er war. Drei Monate lang hatte er an der verdammten Biographie für dieses Salzmann-Arschloch gearbeitet, Stunden über Stunden von selbstverliebten Monologen über sich ergehen lassen, recherchiert wie ein Idiot. Und jetzt zahlte dieser Drecksack nicht.

Zweitausendfünfhundert Mark Anzahlung für drei Monate Arbeit, das war alles. Der Sack schuldete ihm siebenundzwanzigtausendfünfhundert Mark! Und er hatte keinen schriftlichen Vertrag.

»Sie haben es doch mit einem Ehrenmann zu tun«, hatte Salzmann gesagt, und er blöder Idiot hatte es ihm abgenommen. Ein Abgeordneter und Ehrenmann. Er hatte es ihm einfach abnehmen wollen, weil er diesen verdammten Auftrag brauchte. Angelika machte wieder einen auf Anklagelika, weil sie die ganze Miete zahlen mußte, und er war einfach zu schnell auf die Anzahlung in bar abgefahren. Ohne Rechnung, ohne Mehrwertsteuer. »Sie arbeiten schließlich als mein Ghostwriter, und da sollten Sie auch wirklich in jeder Hinsicht unsichtbar bleiben.« Scheiße, Scheiße, Scheiße. Jemand klopfte an die Scheibe. Tim drehte sich um. Ein Bulle, auch das noch. Auf der anderen Seite parkte ein Streifenwagen. Tim kurbelte das Fenster herunter.

»Was nicht in Ordnung?«

»Wollen Sie hier jemanden besuchen?« fragte der Bulle.

»Wieso?«

»Weil Ihr Wagen nicht so aussieht, als würden Sie hier wohnen. Zeigen Sie mal Führerschein und Personalausweis.«

Tim kramte beides aus dem Handschuhfach hervor und gab es ihm. Der Bulle sah sich die Sachen eine Ewigkeit lang an. Dann gab er sie ihm zurück.

»Die HU ist diesen Monat fällig, das wissen Sie, Herr Ahrens.«

Tim nickte. Oh ja, das wußte er. Er wußte auch, daß er die Karre nicht durch den TÜV kriegen würde in dem Zustand. Genauso wie er wußte, wie Angelika reagieren würde, wenn er ihr die Wahrheit sagen mußte. Sie würde sich natürlich nicht von ihm trennen, wie sie angedroht hatte. Aber sie würde ihm wieder eine Predigt halten. Endlich einen vernünftigen Job annehmen. Endlich ihren verdammten Bruder fragen, ob er nicht als Texter in dieser scheiß Internet-Agentur anfangen und ihm den Hintern küssen durfte. Endlich Verantwortung für sein Leben übernehmen, was letztlich hieß, Verantwortung für das Kind zu übernehmen, das sie sich wünschte. Und das er eigentlich nicht wollte. Als sie ihn gefragt hatte, wie er ein Kind nennen würde, hatte er spontan »Ikea« gesagt. Das paßte zu Angelika. Und das hatte ihr gar nicht gefallen.

4.

Straub streichelte liebevoll den Pelzmantel und hängte ihn dann an einen der Garderobenständer.

»Die wissen so eine Wertarbeit doch gar nicht mehr zu schätzen«, sagte er. »Da geht's doch nur um den Showeffekt. Am schlimmsten sind die Russen. Als die ersten hier reinkamen, dachte ich noch, die müssen es ja wohl am besten wissen, die kennen sich aus. Ich meine, die Kälte und alles. Und die haben ja 'ne sehr, sehr lange Pelztradition. Denkste. Nur Neureiche, die einfach das Teuerste wollten. Wenn ich gewollt hätte, hätte ich die richtig über den Tisch ziehen können. Hab ich natürlich nicht, kennst mich ja.«

Charly nickte. Wie Straub mit Pelz umging, das war wirklich abartig. Wie er mit den Fingern darüberstrich. Dabei waren das im Grunde doch nur zusammengenähte rattenähnliche tote Tiere. Straubs ganzer vornehmer Laden war mit totgeknüppelten Tieren vollgestopft, und er hatte das Glück, daß immer wieder Typen zu ihm kamen, die mal eben zehn-, zwanzigtausend Mark für ein Massengrab in Mantelform abdrückten, um ihre Ladys bei Laune zu halten. Straub war echt eine Nummer für sich. Es kam nicht viel raus bei diesen Pelz-Repro-Man-Stunts. Vielleicht im Schnitt zwei Riesen im Monat, Maximum. Aber Straub hatte gute Kontakte und kannte sich aus in der Szene. Der wußte, wer Kohle hatte und wer nicht, wer gerade klamm war, wer einen dicken Fisch an Land gezogen hatte, wer demnächst im Morgengrauen einen Besuch von der Steuerfahndung kriegen würde. In solchen Sachen war Straub schon in der Schule gut gewesen. Charly hatte eine ganze Weile gebraucht, um rauszukriegen, warum einige Lehrer und vor allem der Schuldirektor Straub so hofierten. Straub hatte seine dürren Finger um ihren Sack geklemmt. Er wußte rein gar nichts von dem, was sie da täglich an der Tafel vortanzten. Aber er wußte alles über ihr Privatleben. Und das wiederum wußten die Pauker. Straub rührte keinen Finger und bekam erstklassige Zeugnisse. Als Charly es dann rausgefunden hatte, ergab sich alles wie von selbst. Sie wurden ein Team. Charly mußte am Anfang ein bißchen nachhelfen, weil Straub schon damals ziemlich egozentrisch gewesen war und sein eigenes Ding durchziehen wollte. Aber dann lief die Sache wie am Schnürchen. Geld durch Androhung von aufs Maul hauen die eine Schiene, Geld durch Maul halten die andere.

»Ich hab da vielleicht 'ne größere Sache für dich«, sagte Straub. »Ein Kunde von mir hat sich auf ein Geschäft eingelassen, das ihn sehr viel Geld gekostet hat, und das hätte er jetzt gern wieder. Zwei Millionen Mark.«

Charly nickte leicht. Jetzt bloß nicht so tun, als sei endlich die Gelegenheit gekommen, auf die er wartete. Einen ganz großen Cut machen, mit dem er sich zur Ruhe setzen konnte. Cool bleiben. Zwei Millionen. Daily business.

»Ich hab ihm deine Handynummer gegeben, dein Einverständnis vorausgesetzt. Zehn Prozent Provi, okay?«

»Zehn Prozent von was?«

»Von deinem Honorar, Charly, wie immer.«

»Bei zwei Millionen ist das aber 'ne ziemlich hohe Provi.«

»Wir haben zehn Prozent ausgemacht. Kein Limit nach oben.«

»Ist ja schon gut. Wer weiß, was da überhaupt dran ist.«

»Wirst du schon sehen, wenn du mit von Waltersheim redest.«

»Von Waltersheim? Der kann sich doch die besten Anwälte leisten.«

»In dem Fall wär das eher kontraproduktiv, hat er gesagt.«

Mehr war nicht aus Straub rauszukriegen. Zurück auf der Straße vergewisserte sich Charly, daß sein Handy eingeschaltet war. Den Anruf wollte er auf keinen Fall verpassen. Zwei Millionen. Davon fünfzig Prozent, und er hätte ausgesorgt für die nächsten Jahre. Er könnte einfach abhauen nach Malle oder sonstwohin. Keine Hektik mehr. Endlich Ruhe. Vielleicht könnte er es da auch schaffen, seine Biographie zu schreiben. ‘ne ruhige Finca mieten, gelegentlich mal runter nach Palma und sonst einfach mit keinem mehr reden. Sich über nichts mehr aufregen. So wie eben über diesen alten Sack, der in der Kö-Galerie den Sanis im Weg gestanden hatte. Mußte ihn kurz mal etwas anrempeln, damit er den Weg frei machte. Und dann drohte der Typ auch noch mit der Polizei. Charly hatte ihm seinen besten Blick gegeben, und der Alte hatte sich getrollt. Gott sei Dank hatten die Bullen nichts davon mitgekriegt. Aber sie hatten ihn trotzdem für morgen vormittag ins Präsidium vorgeladen, nachdem er seinen Ausweis gezeigt hatte. Klar, bei denen war er ja auch kein Unbekannter. Aber sie hatten ihm nie etwas nachweisen können. Hatten immer auf Granit gebissen. Nicht mit ihm. Also konnte er ihnen diese kleine Schikane jetzt ruhig gönnen. Ob es da immer noch so nach Bohnerwachs stank wie früher?

5.

John saß auf einem Barhocker an der Küchentheke und trieb den kleingehackten Rock durch ein Pulverzuckersieb.

»Achtzig Prozent Reinheitsgehalt«, sagte er.

Und jetzt sag: »Ganz nah am Ursprung«, dachte Gloria, und dann sagte er es auch schon. Dieser Stolz, immer das beste bolivianische Pulver zu haben, ging ihr immer mehr auf die Nerven. Und dann diese einstudierte kleine Nummer, wie er sich jetzt die Line reinzog. John, the King of Cool. Er tat alles, um wie John Travolta in »Pulp Fiction« auszusehen. Nur schwarze Anzüge, weiße Hemden und schmale schwarze Krawatten, die Haare zum Pferdeschwanz gebunden. Er schleppte sogar ständig dieses Buch, »Modesty Blaise« von Peter O'Donnell, mit sich rum, das Travolta gerade gelesen hatte, als er von Bruce Willis auf dem Klo erschossen wurde. Aber letztlich hatte John mit Travolta nur die Aufgeschwemmtheit gemeinsam. Er hieß auch nicht John, sondern Jochen, aber darauf sprach man ihn wirklich besser nicht an. John ließ sich jetzt vom Hocker runterrutschen, und dabei schwabbelten seine Rettungsringe.

»Auch 'ne Line?«

»Nee«, sagte sie. »Nicht vorm Frühstück. Ich muß in die Agentur.« Gloria küßte ihn auf die Wange und machte, daß sie rauskam.

Sie hatte es so eilig, daß sie beinahe die Treppe runterflog und mußte fast heulen vor Wut. Das hatte sie sich alles verdammt anders vorgestellt. Sie war total verknallt in John gewesen. Und was hatte sie dieses alte Jugendstilhaus direkt am Rheinufer geil gefunden, mit diesem tollen Blick auf die Stadt, den Whirlpool, die ganzen coolen Designermöbel. Sie hatte sich nicht zweimal bitten lassen, bei John einzuziehen. Das war was anderes als das Apartment mit Kochnische in Derendorf. Und immer unterwegs. Jeden Abend essen bei »Roberts«, wo alle John kannten und hofierten. Die kleinen Privatparties zu Hause, zu denen nur auserlesene Gäste kamen, Havannas rauchten und sich danach Johns allerfeinstes Koks »ganz nah am Ursprung« reinzogen. Und sie sozusagen als Hausdame.

Das waren echt starke Zeiten gewesen. John hatte was dargestellt, füllte einen Raum aus, wenn er ihn betrat, hatte Charisma. Aber jetzt wußte sie, daß sie sich wieder mal getäuscht hatte. Oder vielleicht war er ja am Anfang wirklich anders gewesen. Aber die Kokserei hatte einen anderen Typen aus ihm gemacht. Sie mußte da raus, und diesmal endgültig. Zweimal hatte er sie wieder rumgekriegt, auf die Tränendrüse gedrückt, sogar von Liebe geredet. Und sie war drauf reingefallen. John liebte sich und seinen Schnee, das war alles. Er wollte nur nicht, daß sie ging, weil er keine fünf Minuten allein sein konnte.

6.

Tim checkte seine AOL-Mailbox. Keine Nachricht, natürlich. Er hatte sich vor einem halben Jahr eine Homepage einrichten lassen, die seine Dienste als Ghostwriter von Reden und Biographien anpries. Mit eigener Vita, die sehr kurz gehalten war, Arbeitsmodalitäten für die unterschiedlichsten Projekte, Honorarvorstellungen und den paar Referenzen, die er inzwischen vorweisen konnte. Die Homepage war mittlerweile zwar über hundertmal besucht worden (davon rund achtzigmal von ihm selbst), aber ein Job hatte sich daraus bisher nicht ergeben. Wahrscheinlich waren es nur Konkurrenten gewesen, die ihn überprüfen wollten. Letzte Woche hatte er eine Anzeige in der »Zeit« geschaltet, ziemlich klein, aber dafür ziemlich teuer.

Die meisten lasen das Blatt natürlich in Ruhe am Wochenende und würden frühestens am Montag reagiert haben. Heute war Mittwoch. Morgen kam schon die neue Ausgabe heraus. Das sah nicht besonders gut aus für ihn. Er durfte sich nichts vormachen, Salzmann würde nicht zahlen, das war klar. Gut, er hatte das Manuskript, und er hatte auch die Unterlagen, die Salzmann ihm überlassen hatte, aber er hatte einfach nicht das Geld, um sich einen Anwalt leisten zu können. Und noch mal konnte er nicht bei Salzmann aufkreuzen. Dafür war die Blamage gestern zu groß gewesen. Hinterher waren ihm natürlich mal wieder die tollsten Sprüche eingefallen, die er Salzmanns Frau hätte sagen können. Richtig ätzende Bemerkungen. In so was war er gut. Immerhin hatte er ein paar Monate lang Gags für die Harald-Schmidt-Show geschrieben. Die hatten ihm Themen gefaxt, und er faxte seine Gags. Und abends konnte er dann nachschauen, ob Schmidt sie genommen hatte. Immerhin zwanzig Stück in drei Monaten, aber davon konnte man natürlich auch nicht leben.

Der Mauspfeil auf dem Monitor fror ein. Tim drückte auf die Escape-Taste, aber es tat sich nichts. Er versuchte einen Warmstart. Auch nichts. Er zog den Stecker raus, stöpselte ihn wieder ein und startete neu. Auf dem Monitor erschien eine Fehlermeldung. »Fatal Error«. Die Typen im Computerladen hatten ihn nach der letzten Reparatur seines Notebooks vor genau dieser Meldung gewarnt. Wenn die auftauchte, war keine Reparatur mehr möglich. Und sie hatten ihm natürlich auch gesagt, eine weitere Reparatur würde sich bei einer so alten Kiste nicht mehr lohnen. Vier Jahre alt war das Teil, um genau zu sein, was für die Maßstäbe dieser Jungs wahrscheinlich vierhundert Jahre waren. Endlich hatte er die drei großen Ks erreicht. Kein Geld. Kein Job. Kein Computer.

Ein Schlüssel drehte sich im Schloß der Wohnungstür. Vier große Ks. Kein Friede, denn jetzt kam Angelika nach Hause. Und so, wie sie die Tür hinter sich zuschlug, und so, wie sie seufzte, klang das verdammt nach einem harten Vormittag in der Schule und einem mindestens einstündigen Lamento oder noch schlimmer nach Migräne und heruntergelassenen Rollos.

Sie kam direkt in sein Zimmer und ließ sich ächzend auf das kleine Sofa fallen. »Ich bin völlig kaputt. So eine anstrengende Lehrerkonferenz hatten wir schon lange nicht mehr.«

»Wegen Benny?« fragte Tim. Benny war ein Schüler von Angelika und hatte während einer Klassenfahrt nach England trotz Alkoholverbots auf der Fähre eine Flasche Bier und einen Flachmann getrunken. Und weil er schon die eine oder andere kleine Sache auf dem Kerbholz hatte, konnte er jetzt theoretisch von der Schule geworfen werden. Was natürlich nicht passieren würde.

»Er wird die Schule verlassen müssen«, sagte Angelika.

»Was? Wegen einer Flasche Bier und einem Flachmann wollt ihr dem Jungen das Leben versauen?«

»Das war nicht nur eine Flasche Bier und ein Flachmann.«

»Einmal hat er 'nen Joint geraucht. Und zwar *vor* dem Schulgelände. Und die anderen Male hat er unentschuldigt gefehlt. Meine Güte, ich denke, der Bursche ist hochintelligent?«

»Aber er ist auch faul und ein schlechtes Beispiel. Wir sind eine Eliteschule, so ist das nun mal. Da wird so was nicht geduldet.«

»Obedienz vor Intelligenz. Ist das euer Schulmotto?«

»Jetzt sei mal nicht so verdammt selbstgerecht, ja! Wo Intelligenz ohne Zielrichtung hinführt, sieht man ja an dir.«

»Allerdings. Ohne Zielrichtung hat man keinen Tunnelblick so wie du.«

»Da hast du auch wieder recht. Wenn ich deine Intelligenz und deinen Wortwitz hätte, müßte ich natürlich nicht als Lehrerin arbeiten, sondern könnte auch so ein Luxusleben führen wie du. Wieviel hast du noch in den letzten drei Monaten verdient? Zweitausendfünfhundert? Nein, deine tollen Gags kommen ja noch dazu! Dann waren es ja sogar fünftausend! Hey, achtzehnhundert Mark im Monat, vor Steuern. Ich gratuliere. Wie war es denn übrigens gestern bei Salzmann?«

»Er wird zahlen.«

»Und wann?«

»Mir reicht das jetzt, Angelika. Ich habe gesagt, er wird zahlen und Schluß.«

»Okay, Tim. In drei Wochen ist Monatsende. Bis dahin hat er ja sicher gezahlt. Und dann kannst du ja zur Abwechslung auch mal die Miete zahlen. Ich leg mich ins Bett, ich kann nicht mehr.«

Sie machte ein merkwürdiges Geräusch, so als würde irgendeine komplizierte Maschinerie angeworfen, eine Art Klick. Er kannte dieses Klick. Jetzt würde der Heulkrampf kommen, und er würde sie trösten müssen. Sie jaulte auf, wuchtete sich vom Sofa und verließ das Zimmer. Mit pawlowscher Konsequenz trabte er ihr ohne jedes Zögern nach, aber in der Diele kam er irgendwie wieder zu sich. Er blieb stehen, schnappte sich seine Lederjacke von der Garderobe und verließ die Wohnung.

7.

Natürlich ließen die Bullen ihn warten. Aber sie konnten ihn nicht provozieren. Er hatte Zeit, alle Zeit der Welt. Und wie die Ironie des Schicksals es wollte, lag auch noch »Die Zeit« auf einer Bank. Charly fragte sich, wer dieses Intellektuellenblatt hier wohl vergessen hatte. Gelangweilt blätterte er darin herum. Die wollten es aber auch zeigen, daß sie was in der Birne hatten. Für seinen Geschmack ein bißchen zu geschwätzig. Salbaderten unglaublich lange rum und legten sich am Ende aber nie fest. Dann kam ein Teil mit Kleinanzeigen. Ob die auch so geschwollen waren wie der Rest? Ja und ob. Nur solche Schwuletten, die irgendwelche Weine und Kräuter verkauften und Hütten in Portugal und Töpferkurse in … und … hey … ein Typ, der Biographien schrieb!

Er riß die Seite aus der Zeitung raus, faltete sie zusammen und steckte sie ein. Am liebsten hätte er die in der Anzeige angegebene Nummer sofort angewählt. Aber er ließ sein Handy stecken. Das Gespräch war ihm zu wichtig, um es auf einem tatsächlich immer noch nach Bohnerwachs stinkenden Flur im Polizeipräsidium zu führen.

*

John hatte seinen ganzen Charme spielen lassen und die Befragung ziemlich schnell hinter sich gebracht. Aber dummerweise hatten sie ihn dann noch vor einen Monitor gesetzt und ihm jede Menge Fotos gezeigt. Auf keinem waren die beiden blonden Typen zu erkennen, die den kleinen Dicken gejagt hatten, und auch der selbst war nicht dabei gewesen. John hatte versucht, sich zu beherrschen und sie seine Ungeduld nicht spüren zu lassen. Erfolgreich. Irgendwann konnte er endlich gehen, und es sah ganz danach aus, daß sie ihn für blöd hielten und in Ruhe lassen würden.

Auf dem Flur saß ein großer kräftiger Typ, der ihn sofort an Marcellus Wallace aus »Pulp Fiction« erinnerte, nur daß der hier kein Schwarzer war. Echt cool. Rauchte eine Zigarre und las »Die Zeit«. Wie ein Intellektueller sah der aber nicht gerade aus. John klopfte sich eine Marlboro Light aus der Schachtel und ging auf den Typen zu.

»Haben Sie 'n Feuerzeug?«

Der Mann gab ihm schweigend eine Schachtel Streichhölzer.

»Klar«, sagte John. »Streichhölzer. Sie sind ja Zigarrenraucher. Ich rauch sonst eigentlich auch Zigarren.«

Der Typ antwortete nicht.

»Cohiba«, sagte John. »Wie der Kanzler. Achtzig Mark das Stück.«

Der Mann faltete die Zeitung zusammen und legte sie neben sich auf die Bank. Er nahm einen Zug aus der Zigarre.

»Ich rauche Arturo Fuente. Kosten zehn Mark das Stück und sind genauso gut. Individuell gesehen sogar besser. Dominikanische Republik natürlich, aber Havanna-Tabak. Und erstklassige Handarbeit.«

»Ah ja? Muß ich mal probieren«, sagte John.

»Probieren Sie die Torpedos. Kann man nur zu Hause rauchen, weil sie so dämlich aussehen, aber die schmecken sensationell.«

»Danke für den Tip.«

»Ansonsten natürlich hier die klassische Corona, nur von den Churchills würd ich abraten, die sind einfach zu anstrengend.«

John nickte. So viel wollte er nun auch wieder nicht wissen.

»Havannas sind eigentlich am besten als Re-Importe aus der Schweiz. Und kaufen Sie bloß keine Cohibas von Touristen, die welche aus Kuba mitbringen. Sind fast immer schlecht gemachte Imitate, die ständig ausgehen.«

»Klar«, sagte John. »Mach ich.«

Der Typ machte ihn nervös. Der hatte so einen komischen Blick drauf. Er hatte schon oft Typen kennengelernt, die diese Art von Blick draufhatten. Abgeguckt aus diversen Gangsterfilmen und dann immer wieder vorm Spiegel eingeübt. Hatte er ja gelegentlich sogar selbst gemacht. Er fand den Ausdruck von Al Pacino im »Paten I« am besten, weil Pacino da als Sohn von Don Corleone erst mal gar kein Gangster war und erst einer werden mußte und dann der Schlimmste von allen war, und genau das drückte er mit diesem mörderischen und doch verletzten Blick aus. Aber er hatte den nie hingekriegt. Er war sich ziemlich sicher, jetzt einigermaßen Alain Delon in »Le Samurai« hinzukriegen, und das war ja schon was. Das Problem war nur, der Blick von diesem Typen hier war irgendwie echt, ja, authentisch war das Wort, genau, das, was ihm Gloria manchmal vorwarf, er sei ihr nicht authentisch genug, er würde sich hinter einer coolen Fassade verstecken.

»Ja denn«, sagte John. »Man sieht sich.« Und dann fiel ihm auf, daß er den Mann in der Kö-Galerie gesehen hatte. Das war doch der, der diesen alten Gaffer aus dem Weg geräumt hatte. Wieso merkte er das erst jetzt? Er brauchte erst mal eine Line, um wieder ein paar klare Gedanken zu fassen.

8.

Tim saß im »Woyton's« in der Altstadt und legte die eiskalten Hände um ein großes Glas mit Caffè Latte.

Sagt eine Frau zu ihrem Typen: Du bist mir einfach zu unflexibel. Machst immer nur dasselbe. Zwei Tage später sagt er zu ihr: Du hast recht. Aber ich hab mich geändert. Führt sie zum Kühlschrank und öffnet die Tür. Guck mal. Bisher war nur »Füchschen Alt« drin. Aber jetzt auch »Uerige« und »Schumacher«. Außerdem noch Importe: »Budweiser«, »Tsing Tao« und »Reissdorf Kölsch«. Er schrieb es auf eine Serviette. Manchmal fiel ihm so etwas einfach ein. Meistens dann, wenn er es gar nicht gebrauchen konnte. Es war, als würde sein Unterbewußtsein sagen, paß auf, Tim, im Moment kommen wir hier unten wirklich überhaupt nicht mit deinen Problemen klar, da gibt es ziemlich große Schwierigkeiten mit dem Zentralrechner, aber bis wir so weit sind – und, keine Panik Mann, wir werden auch dieses Problem irgendwie wieder lösen –, jedenfalls, bis wir so weit sind, dachten wir, erzählen wir dir einfach ein paar Gags. Kannst sie ja an Harald Schmidt verkaufen.

»Füchschen«, »Uerige« und »Schumacher« arbeiteten auf nationaler Ebene nicht, mußte er eben durch andere Biermarken ergänzen, aber der Gag war wirklich nicht schlecht. Tim faltete die Serviette zusammen und steckte sie ein.

Von seinem Platz aus konnte Tim das Treiben auf der Mittelstraße beobachten. In der Nähe des Denkmals mit den zwei streitenden Typen trieb sich wie immer der Punkschnorrer rum, der hier seinen festen Arbeitsplatz hatte. Warum machte er so was eigentlich nicht auch? Manchmal dachte er, das könnte am Klima liegen. Wenn es nicht so oft regnen würde in diesem blöden Land, dann könnte man ganz gut auf der Straße leben. Oder vielleicht, so hörte man ja oft, eine Sozialwohnung und Stütze in Anspruch nehmen und ein bißchen Taschengeld durch Betteln verdienen. Politisch vielleicht nicht ganz korrekt der Gedanke, und seine Eltern würden sich sicher dafür schämen, aber so war es nun mal. Solche Gedanken mußte man sich ja wenigstens mal machen dürfen. Und es war auch legitim, solche Dinge zu romantisieren. Wenn er schon so am Ende wäre, um betteln zu müssen, dann würde er nach New York gehen, diese Idee hatte Tim schon lange. Mit den letzten Mäusen, die er gerade noch hatte, für fünfhundert Mark einen Billig-Flug nach New York kaufen, dort angekommen den Reisepaß wegschmeißen, und dann auf der Straße leben, bis er umgebracht wurde oder in einer bitterkalten Winternacht einfach erfror. Das hatte Stil. Jedenfalls mehr Stil, als sich immer wieder auf diese unausweichlichen Auseinandersetzungen mit Anklagelika einzulassen. Die Kardinalfrage war natürlich, warum er sich überhaupt auf diese Frau eingelassen hatte. Hey, der eine oder andere hatte durchaus schon mal durchblicken lassen, daß es da eine gewisse Ähnlichkeit mit Til Schweiger gebe. Oder daß er mit seiner schwarzen Hornbrille an James Dean auf diesen schönen Privatfotos erinnere.

Und sie hatten ja auch nicht ganz unrecht, die Leute. Also warum? Was hatte ihn angezogen?

Sie war so ganz anders als er. Hatte immer gewußt, was sie wollte. Hatte zu jedem Thema eine ganz genaue Meinung. Lachte nicht über seine Witze so wie alle anderen. Vielleicht war das der wesentliche Punkt. Sie verstand seinen Humor nicht. Und um seinen Humor zu verfeinern, testete er ihn an Angelika. Ja, im Grunde war es das. Irgendwie tat sie ihm wegen ihrer Humorlosigkeit leid, und er versuchte, andere Qualitäten in ihr zu entdecken, die er dann ja auch durchaus gefunden hatte. Ja, die Humorlosigkeit war es. Außerdem, oder vielleicht besser gleichzeitig, war sie ironiefest. Ein wunderbares Wort, ironiefest, war von Arno Schmidt, aus der »Gelehrtenrepublik«, wenn er sich richtig erinnerte. Niemand da draußen auf der Straße kannte Arno Schmidt, davon ging Tim aus, denn er lebte schließlich nicht in einer Gelehrtenrepublik, sondern in einer Deppenrepublik, ein Begriff, den Eckhart Henscheid, geistiger Vater der »Trilogie des laufenden Schwachsinns«, geprägt hatte. Der Name würde denen da draußen auf dem Trottoir auch nichts sagen. Na gut, dem einen oder anderen vielleicht. Jedenfalls, ja, Angelika war humorlos und ironiefest. Dadurch für ihn im Prinzip inakzeptabel. Aber auch wenn sie seinen Humor nicht verstand, bewunderte sie ihn dafür, denn immerhin brachte er andere Leute ständig zum Lachen und verdiente gelegentlich auch Geld damit. Allerdings nicht genug Geld. Nicht daß sie geldgierig gewesen wäre. Aber Angelika hatte so ihre Vorstellungen. Und die deckten sich immer weniger mit seinen eigenen. So ging das nicht weiter.

9.

Auf das Gespräch mit den Bullen hätte Charly gut verzichten können. Es war alles genau so abgelaufen, wie es ablaufen mußte. Sie hatten überhaupt nichts in der Hand gegen ihn, nahmen aber so eine Gelegenheit gern wahr, ihn daran zu erinnern, daß es sie noch gab. Und das war es dann aber auch. Es war nicht mal nötig gewesen, seinen Anwalt anzurufen. Schließlich ging es nur um eine Zeugenaussage. Der Opa aus der Kö-Galerie hatte erwartungsgemäß nicht den Mumm gehabt, was gegen ihn zu unternehmen, klar. Er mußte diese verdammte Zeugenaussage nur machen, weil er für die Bullen kein Unbekannter war. Aber dafür kriegten sie eben auch genau das Ergebnis, das sie von ihm erwarten konnten: null. Er hatte die Schüsse gehört, klar. Er hatte auch einen der beiden Typen auf den Boden fallen sehen. Aber die beiden Kerle, die geschossen hatten – nicht gesehen. Dafür war das Chaos nach den ersten Schüssen zu groß gewesen, sorry. Sie mußten es ihm abnehmen, und sie konnten auch keine Spielchen mit ihm spielen. Sie machten nur so lange rum, endlich alles in ihren verdammten Computer einzugeben, um ihm die Laune zu verderben. Aber das konnte er verkraften. Er verdiente wesentlich mehr als diese Wichser, und das wußten sie auch. Mit dem Gedanken konnte er gut leben. Natürlich hatte er die beiden Quadratschädel gesehen, die diese Schweinerei angerichtet hatten. Und er konnte sich sogar vorstellen, wer sie waren. Der eine hatte so ausgesehen wie einer von den Turgenev-Brüdern. Charly hatte schon einiges von ihnen gehört. Richtige Schizos. Hatten angeblich wer weiß was alles studiert und konnten alle möglichen Sprachen. Also eigentlich Weicheier. Aber dieses Studium hatten sie wohl an einer dieser Militärakademien abgerissen, wo man jede Menge Wissen eingebleut bekam und gleichzeitig zu Killermaschinen gemacht wurde. Und jetzt waren sie hinter einem relativ kleinen dicken Mann her, der ein bißchen ausgesehen hatte wie Dirk Bach. Charly fand Fernsehen ziemlich langweilig, aber irgendwann war er mal beim Zappen auf eine Folge der Serie »Lukas« gestoßen. Und da spielte dieser dicke Dirk Bach einen chaotischen Schauspieler, der mit seiner Tochter und seinem spießigen pedantischen Vater in einer Wohngemeinschaft lebte. Seitdem sah sich Charly diese Serie regelmäßig an. Es gefiel ihm, daß dieser Lukas mit seinem Vater in einer Wohnung lebte. Vielleicht, weil Charly seinen eigenen Vater immer noch ziemlich vermißte. Und das, obwohl er ihn inzwischen lebensaltermäßig bereits um zehn Jahre überlebt hatte.

Kalter Wind pfiff Charly ins Gesicht. Er war einfach drauf losgegangen, als er das Polizeipräsidium verlassen hatte, und jetzt stand er mitten in dieser Yuppie-Gegend im Hafen. Vor diesen schiefstehenden, in der Sonne glänzenden Bürotürmen, die dieser bescheuerte amerikanische Architekt in den Hafen geklotzt hatte. War sowieso ein einziger Witz, die Gegend. Früher nur tote Hose und arme Leute, und plötzlich war irgend jemand auf eine schlechte Idee gekommen, und ruckzuck hatten sich hier alle möglichen Spinner breitgemacht, und jetzt war hier auf einmal die Hölle los. So viele Arschlöcher auf einmal, die mit dem Handy irgendwelche Deals machten, während sie vor einer Yuppie-Pommes-Bude auf eine Yuppie-Pommes-Portion für ein Schweinegeld warteten, hatte er noch nie in seinem Leben gesehen. Es war einfach zum Kotzen hier. Medienmeile. Die Typen hier arbeiteten nicht richtig, stellten nichts Wichtiges her und taten sich nur dicke.

Charly rief sich zur Ordnung. Er merkte, daß er dabei war, wieder in einen seiner Wutanfälle zu geraten. Er wußte ja, daß er mit dieser Wut recht hatte, und ja, er konnte dazu stehen, daß früher alles besser war, aber gleichzeitig kam er sich eben auch wie einer dieser alten besserwisserischen Säcke vor, die er immer so gehaßt hatte. Weil die nie sagen konnten, was denn nun wirklich früher besser gewesen war. Er wußte das schon. Es ging darum, wie ein Mann die Welt sah. Da gab's Werte, da gab's Handwerk. Da gab's einfach Dinge, die man tat, und Dinge, die man nicht tat. Und die meisten hatten sich daran gehalten. Charly blieb stehen, fischte die Zeitungsseite aus seiner Jacke und las die Anzeige noch mal: »Schreibe Ihre Biographie, schnell, diskret, preiswert«. Dazu eine Telefonnummer. Die reichte, um Name und Adresse rauszukriegen.

10.

John liebte Oberkassel. Hier war man unter sich. Wenn er mittags zum Stehitaliener ging, traf er nur auf Erfolgstypen. Makler, Werber, Anwälte, und in letzter Zeit viele von den Youngstern, die im Internet rummachten. Die Dotcom-Leute. 'ne gute Idee, ein paar Geldgeber, in einem Jahr an die Börse, ein paar Millionen einsacken und dann das Unternehmen abstoßen. Alle gingen im Moment an die Börse. Selbst die Post ging mit Thomas Gottschalk an die Börse. Und Boris Becker wollte mit seinem Namen an die Börse. Wenn das so weiterging, würde demnächst sogar sein Dealer an die Börse gehen. www.snowwhite.com oder so was. Koks zum Anklicken. Mußte er Keks erzählen. Würde der drauf abfahren.

John stand mit einem großen Glas in der Hand am Fenster und schaute auf die Stadt. Das war auch so schön an Oberkassel. Man war nicht nur unter sich, man konnte auch sozusagen auf die Stadt herabblicken, jedenfalls wenn man so eine Wohnung hatte wie er. War schon megageil, dieses Panorama. Der Schloßturm, die Rheinpromenade und so weiter. So ähnlich mußte es Donald Trump gehen, wenn er aus seiner Suite im Plaza Hotel auf den Central Park schaute. Okay, Düsseldorf war nicht New York, und er war nicht Donald Trump. Aber trotzdem war das ein grandioses Gefühl, hier am Fenster zu stehen. Wer sich diesen Ausblick leisten konnte, der war schon jemand. Wenn man es nicht nach Oberkassel schaffte, dann schaffte man es überhaupt nicht. Das war so wie in dem New-York-Song von Sinatra. So sah er das jedenfalls. Natürlich war Düsseldorf eine relativ kleine Stadt. Aber das war auch gut so. Wohnraum war knapp. Guter luxuriöser Wohnraum jedenfalls. Und Grundstücke sowieso. Siebenhundert Mark der Quadratmeter in Wittlaer jetzt zum Beispiel. Tendenz steigend. Da war er ganz gut im Geschäft. Und in Oberkassel, war ja schließlich sein Turf. Er nahm einen Schluck von seinem Gin Tonic und ging dann zu seinem Humidor. Viertausend Mark, handgearbeitet mit Intarsien. Darin fünfundzwanzig frische Cohibas für zweitausend Mark. Er nahm eine Zigarre raus, hielt sie sich ans Ohr und drückte leicht mit den Fingern darauf. Hörte sich gut an. Frisch. Mit dem Nagel seines kleinen Fingers schnitt er ein Stückchen von der Zigarre ab. Er hatte sich den Fingernagel extra lang wachsen lassen und feilte ihn regelmäßig scharf. War irgendwie ein geiler Gag, den Fingernagel als Zigarrenschneider einzusetzen. Dann zündete er die Havanna mit einem Zippo-Feuerzeug an und ging wieder zum Fenster. Fünfzehnhundert Mark für Koks in der Woche. Kamen noch die Zigarren dazu, wenn er ehrlich war, das machte dann pro Woche noch mal rund sechzehnhundert, drei Cohibas rauchte er pro Tag. Hey, er gab für die Havannas pro Woche hundert Mark mehr aus als für den Schnee. Das hatte doch irgendwie Stil. Jedenfalls, zwölftausend Mark für Koks und Havannas im Monat, kam noch die Miete von dreitausend, noch mal zwei-, dreitausend für Fressengehen und so weiter, Klamotten, Putzfrau, Auto, der ganze Krempel, mußten so um die zweihundert Schleifen im Monat sein, die er an Fixkosten hatte. Bisher hatte er die Kohle immer gut reingekriegt. Problem war nur das scheiß Finanzamt. Er hatte seine Bücher ziemlich gut im Griff, sehr gut sogar, aber sein Steuerberater hatte ihn gewarnt. Die Typen waren im Moment ziemlich unter Druck und suchten nach Einnahmequellen. Eine Steuerprüfung war das allerletzte, was er jetzt gebrauchen konnte. Was er jetzt gebrauchen konnte, wäre ein schöner langsamer Nachmittagsfick. Mit Gloria kriegte er langsam auch Probleme, das war klar. Er mußte sich überlegen, ob er das noch länger mitmachen wollte oder ob er lieber schnell ein Ende machen sollte. Sie hatte in letzter Zeit eine ziemlich große Klappe. Und als Bettartistin hatte sie ziemlich nachgelassen. Langsam wurde sie zur Zicke. Und wenn er eins haßte, dann waren das Zicken. Die konntest du groß zum Fressen ausführen und sie mit Schampus und Koks abfüllen und statt dir einen zu blasen, wollten sie mit dir diskutieren. Hey, für so eine Scheiße war das Leben einfach zu kurz.

11.

Charly konnte es kaum fassen. Dieser Biographienschreiber wohnte nicht nur in Flingern, wo er selbst aufgewachsen war, nein, er wohnte auch noch auf der Ruhrtalstraße, wo Charly seine Kindheit verbracht hatte. Früher war der Bürgersteig wesentlich breiter und höher gewesen. Sie hatten ihn um gut die Hälfte verkürzt, um Parkplätze zu schaffen. Haus Nummer 27, da hatte eins von diesen Weicheiern gewohnt, denen er vorm Schultor immer das Taschengeld abgenommen hatte. Namen hatte er vergessen, aber es war ein dicker, schüchterner

Junge gewesen. Dick und schwer genug eigentlich, um kämpfen zu können, nur hatten dem der Mumm und die Erfahrung gefehlt.

Selbst das Treppenhaus wirkte noch so wie in den fünfziger Jahren. Dieser Geruch nach Sauberkeit, knarrende Treppenstufen, Linoleum, Gummibäume. Die Tür in der dritten Etage stand offen. Charly klopfte. Als niemand reagierte, betrat er die Wohnung und schloß die Tür hinter sich. Er ging durch eine lange, dunkle Diele auf das Licht zu, das aus einer offenen Zimmertür fiel. Es roch nach Kakao. Wieder so eine Erinnerung. Der Kakao in der Schule in den Frühstückspausen. Charly hatte ihn immer gehaßt. Dieser ekelhafte Schlamm am Boden der Flasche. Das Gute am Kakao war nur das Kakaogeld gewesen, das er dem einen oder anderen hatte abknöpfen können. Das Zimmer, aus dem der Lichtschein kam, war offenbar das Wohnzimmer. Sperrmüll im Gesamtwert von hundert Mark, wenn's hochkam. Ziemlich plüschig, schluffig, schlampig, studentisch. An einem Schreibtisch am Fenster saß eine Frau im Bademantel. Als Charly »Hallo?« sagte, drehte sie sich um, sah ihn erschrocken an und formte mit einem ungewöhnlich kleinen Mund ein kleines O. Sie trug eine Hornbrille mit ziemlich dicken Gläsern. Flackerte mit den Augen. Fing sich aber dann erstaunlich schnell und redete überraschend laut und bestimmt, so wie die Musiklehrerin, die er immer so gehaßt hatte. Was war das hier eigentlich? Eine Reise in die Vergangenheit?

»Wer sind Sie? Wieso kommen Sie einfach so hier herein?«

»Die Tür stand auf. Außerdem habe ich gerufen. Aber Sie haben nichts gesagt.«

»Also was denn jetzt? Wer sind Sie, und was wollen Sie? Sagen Sie was, sonst rufe ich die Polizei an.«

Charly verdrehte die Augen und seufzte. »Ich komme wegen Ihrer Anzeige in der ›Zeit‹.«

»Eine Anzeige in der ›Zeit‹? Ich? Das muß ein Irrtum sein.«

»Ausgeschlossen. Das hab ich abgecheckt. 7335566 ist doch Ihre Telefonnummer, oder?«

Die Frau sah ihn verständnislos an. Die Augen hinter den dicken Brillengläsern sahen leicht vergrößert aus.

»Sie schreiben doch Biographien für Leute, die dafür bezahlen.«

»Nein. Nicht ich. Das macht Tim. Mein Freund. Ich wußte nicht, daß er eine Anzeige aufgegeben hat.«

»Und wo ist er jetzt, Ihr Freund Tim?«

»Keine Ahnung. Geben Sie mir doch Ihre Telefonnummer, dann kann er sich ja bei Ihnen melden, wenn er zurück ist.«

»Ich werde hier auf ihn warten.«

»Hören Sie mal, ich kenne Sie nicht, und ich weiß nicht, wann er nach Hause kommt, und ich hab hier auch kein Wartezimmer, also –«

»Also lassen Sie sich einfach nicht weiter stören, arbeiten Sie weiter, Sie haben ja hier jede Menge Zeug zu lesen stehen, ich werd die Zeit schon rumkriegen. Was nimmt Ihr Freund eigentlich so für eine Biographie?«

»Das fragen Sie ihn am besten selbst, das richtet sich nach dem Aufwand. Sie wollen ja wahrscheinlich eine Art Chronik für Ihre Familie haben, das ist was anderes als eine richtige Biographie über Künstler oder Politiker –«

»Ich möchte ein richtiges Buch über mein Leben haben. Ein dickes Buch. So eins wie das da.«

Charly zeigte auf ein sehr dickes Buch in einem der Billy-Regale.

»Na ja, so was kostet schon so dreißig-, vierzigtausend Mark«, sagte die Frau in reichlich schnippischem Ton.

Charly sah sie mit einem müden Blick an. »Kann ich mich irgendwo setzen?«

*

Als Tim nach Hause kam, hatte er beschlossen, die Sache mit der Trennung noch etwas aufzuschieben. So lange jedenfalls, bis er wieder einen Job hatte, der genug Kohle brachte, um sich einen Umzug überhaupt leisten zu können. Bis dahin würde er versuchen, den Ball so flach wie möglich zu halten und jeder Konfrontation aus dem Weg zu gehen. Aber als er die Wohnungstür aufschloß, stand Angelika schon vor ihm. Sauwütend.

»Sag mal, was ist eigentlich mit dir los?«

»Hey, ich mußte einfach mal allein sein zum Nachdenken.«

»Es geht nicht darum, daß du einfach abgehauen bist. Es geht darum, daß da ein Typ in meiner Wohnung sitzt, der zu dir will und der einfach nicht wieder geht, wenn man es ihm sagt.«

»Was für ein Typ?«

»Er sitzt in deinem Arbeitszimmer.«

»Du läßt einen Fremden in mein Arbeitszimmer?«

»Wär dir unser Schlafzimmer lieber?«

Tim seufzte und ging in sein Arbeitszimmer. Und da saß mit schimmernder Glatze Captain Kurtz aus »Apocalypse Now« auf dem Ikeasofa. Er trug einen Anzug, der ziemlich teuer aussah, und rauchte eine lange dicke Zigarre. Er hatte an der Hand, die die Zigarre hielt, an jedem Finger einen dicken Ring. Sogar am Daumen. Tim schüttelte unwillkürlich wie ein nasser Hund den Kopf. Die mußten ihm im »Woyton's« was in den Caffè Latte getan haben. Das war einfach nicht wahr.

»Das wurde aber auch Zeit«, sagte der Typ und zeigte ihm auffordernd die Zigarre, an der sich ein mehrere Zentimeter langer Aschekegel gebildet hatte. Tim ging schnell zu seinem Schreibtisch, riß eine festgeklebte Kaffeetasse herunter und fing damit die Asche auf.

Der Typ grinste ihn an. »Gutes Reaktionsvermögen für einen, der am Schreibtisch arbeitet.«

Er hatte eine tiefe Stimme, die zu seinem bärenartigen Körper paßte. Gleichzeitig war sie erstaunlich sanft.

»Darf ich fragen, wer Sie sind und was Sie von mir wollen?« fragte Tim und versuchte dabei aus dem Bauch zu sprechen, aber nach dem dritten Wort hatte die ängstliche Kopfstimme mal wieder die Oberhand. Wieso hatte Angelika den nicht rausgeworfen? Die hatte doch vor nichts und niemandem Angst, außer vor Krebs und Alzheimer. Ob er die Polizei holen sollte?

»Sie haben ja schon interessante Sachen geschrieben«, sagte der Typ jetzt. Tim sah ihn erstaunt an. Er ließ nie Manuskripte herumliegen. Also mußte der Typ etwas über ihn wissen oder sogar an seinem Aktenschrank rumgemacht haben.

»Na ja, geht so. Wird Ihnen meine Freundin wohl erzählt haben.«

Aber der Typ ging nicht darauf ein. Kniff nur leicht die Augen zu und sah ihn durchdringend an. Eisbärenaugen. Ohne Ausdruck. Scheiße, wer war das, was wollte der von ihm? Hatte dieser verdammte Salzmann ihm etwa einen Schläger auf den Hals gehetzt?

»Ich habe Ihre Anzeige in der ›Zeit‹ gelesen. Ich möchte, daß Sie meine Biographie schreiben.«

»Ihre ... Ihre Biographie?«

»Sie sind doch der Biographienschreiber.«

»Ja, sicher, aber ...«

»Was kostet so was denn?«

Tim wußte nicht, was er machen sollte. Er brauchte dringend Geld. Und wenn da jemand in sein Arbeitszimmer reinspazierte und eine Biographie wollte, dann war das genau das, worauf er gewartet hatte. Aber brauchte er diesen Typen?

»Kommt drauf an. So zwischen zwanzig- und dreißigtausend.«

Der Typ sah ihn wieder so komisch an und stand dann auf.

Überraschend schnell für so einen großen und bulligen Mann. Tim beherrschte sich und versuchte cool zu bleiben. Der Typ ging zum Fenster und sah hinaus. Es verging eine kleine Ewigkeit, bis er sich wieder zu ihm herumdrehte.

»Dreißig Riesen?«

»Na ja, wie gesagt, es kommt darauf an, auf den Arbeitsaufwand, wieviel ich recherchieren muß und so weiter.«

»Und wie lange dauert so was?«

»Das kommt auf Sie an. Ich meine, ich ... ich kenne noch nicht mal Ihren Namen, ich weiß nicht, was Sie machen, also Sie müssen mir schon das eine oder andere über sich verraten, sonst wird es nichts damit.«

»'tschuldigung, das war unhöflich. Bin ein bißchen nervös. Man gibt ja nicht jeden Tag eine Biographie in Auftrag.«

Tim nickte freundlich. Jetzt paß auf. Dieser Exzentriker war womöglich ein ambitionierter Metzger oder so was, der seiner Familie mehr als nur Kohle hinterlassen wollte.

»Ich bin Charly Klein, und ich bin selbständiger Unternehmer.«

Na also. Metzger. Oder sonst was in der Art. Biographie inklusive Firmengeschichte.

»Und was ... was unternehmen Sie so?«

»Ich bin Collector.«

»Collector? Ach so.«

Tim wurde nicht schlau aus dem Kerl. Ein Metzger, der den Mäzen spielte? Trug er deshalb vielleicht so einen doch etwas übertrieben weit geschnittenen Designer-Anzug?

»Was sammeln Sie denn so?«

»Geld.«

Tim verstand gar nichts mehr. Der Typ sah ihn an. Mit diesem Eisbärenblick. Aber dann war in den Augen für einen Sekundenbruchteil so etwas wie Unsicherheit zu erkennen.

»Ich meine, ich bin Geldeintreiber. Aber Collector klingt

besser. Schließlich bin ich einer der Besten auf dem Gebiet. Und das weltweit.«

Tim lachte. Er konnte nicht anders. Da lief ein falscher Film ab. Ein Geldeintreiber. Der hatte ja wohl einen an der Waffel.

»Entschuldigung. Ich wollte Sie nicht ... ehm ... also, Sie meinen, Sie sind ... Sie brechen Leuten die Knie, wenn sie ihre Schulden nicht zahlen, so was meinen Sie doch, oder?«

»Ich glaube, da sind Sie einem Klischee aufgesessen. Ich meine, wenn jemand seine Schulden nicht zahlen kann, und ich breche ihm die Knie, dann kommt er ins Krankenhaus, ja? Und wie soll jemand seine Schulden zahlen, wenn er im Krankenhaus liegt?«

Tim fing an zu frösteln. Das klang irgendwie professionell. Er nickte.

»Klar. Verstehe. Sie haben ein Inkassobüro und verschicken Mahnungen und erwirken 'nen Zahlungsbefehl und diese Dinge, ziemlich viel Papierkram wahrscheinlich.«

Der Typ schüttelte den Kopf. »Nein, nein, das ist eine Stufe davor. Ich frage meine Kunden immer, ob sie auch alle Mittel ausgeschöpft haben, Anwalt, Gericht, Polizei, was weiß ich. Ich bin teuer, das müssen die Leute wissen. Fünfzig Prozent von der einzutreibenden Summe. Aber dafür hat bisher auch jeder sein Geld bekommen.«

»Und wieviel Geld ist ... das so im Durchschnitt?«

»Na ja, normal von fünfzig aufwärts, sonst lohnt es sich ja nicht, drunter mach ich das nur für gute Freunde.«

Tim nickte und versuchte so was wie Begeisterung oder Anerkennung oder eine Mischung aus beidem auf sein Gesicht zu zaubern. So ein Theater für fünfzig Mark.

»Ist aber oft mehr. Hundert, zweihundert. Einmal hab ich einen in Australien aufgespürt und zweihundert nach Hause gebracht.«

»Für zweihundert sind Sie nach Australien?«

»Ist ‘n Höllentrip, vierzehn Stunden Flug, aber für hundert Riesen Honorar kann man sich das ja wohl mal antun. Fand ich auch gar nicht so schlecht da. Sidney hat mir echt gut gefallen. Die sind nicht so angespannt da unten, die Aussies.«

Zweihunderttausend Mark aus Australien geholt. Hundert Riesen Honorar. Entweder hatte Tim es mit einem Wahnsinnigen zu tun. Oder der Mann sagte die Wahrheit, und dann wäre er selbst wohl wahnsinnig, einen Job für ihn zu machen. Tim setzte alles auf eine Karte.

»Das ist aber doch nicht legal, was Sie da machen?«

Der Typ lachte. »Hey, du bist wirklich komisch, das gefällt mir. Wir sollten Du sagen, okay? Wirklich witzig. Legal. Das ist gut. Hör mal, das ist eigentlich sogar kriminell. Aber weißt du, was ich immer sage?« Er machte eine Kunstpause, und Tim schüttelte höflich den Kopf.

»Ich sage immer, Verbrechen zahlt sich aus. Du wirst schnell reich, kriegst jede Frau, fährst schnelle Autos und trägst auch noch eine Sonnenbrille dabei.«

Jetzt mußte Tim lachen. Das schien Charly zu gefallen. Er prustete, zeigte auf Tim und kriegte einen nicht enden wollenden Schimanski-Lachanfall, bis er Tränen in den Augen hatte. Dann zog er ein sehr großes, sehr buntes Stofftaschentuch aus seiner Hosentasche, wischte sich die Augen trocken und sagte mit ernstem Gesicht. »Kein Scheiß.«

Tim nickte und sagte es ihm völlig ratlos einfach nach. »Kein Scheiß.«

»Und jetzt gehen wir einen trinken und regeln die Sache«, sagte Charly.

»Ich, ich hab noch einiges zu tun … und morgen früh …«

Charly zog etwas Rotz die Nase hoch und sah Tim an, als hätte er es mit einer Kakerlake zu tun, die Biographien für Silberfische schrieb. Tim konnte sich einfach nicht helfen. Er kriegte eine Scheißangst bei diesem Blick. Er hatte das Gefühl, als würde seine Körpertemperatur plötzlich auf 28 Grad Celsius sinken.

»Scheiß drauf«, sagte er. »Gehen wir einen trinken.«

12.

Im Grunde hatte Gloria in der ersten Sekunde mitgekriegt, daß Randolf Sulzfeld ein Arschloch war. Er fing jeden zweiten Satz mit »Ganz ehrlich« an und beendete ihn mit »nicht wirklich«. Und irgendwo dazwischen kam logischerweise die Wahrheit abhanden. Trotzdem hatte sie ihm eine Chance geben wollen. Immerhin kam der Typ aus Hamburg und war dort nicht gerade bei Loser-Agenturen gewesen. Konnte ja vielleicht was von ihm lernen, hatte sie gedacht. Was ja dann auch irgendwo stimmte. Der Typ konnte unheimlich gut schleimen und Sachen hinbiegen und so scheinen lassen, als hätte er sie gedreht. Er konnte sie vor der Geschäftsführung loben und sagen: »Die Gloria hat da 'ne tolle Idee gehabt«, und es trotzdem so wirken lassen, als hätte er selbst die Idee gehabt und sie nur auf die richtige Schiene gebracht. Dabei hatte er in Wirklichkeit selbst noch nie eine Idee gehabt. Der wußte nicht mal, was eine Idee war. Eine Idee war die Vorstellung von etwas, das es noch nicht gab, hatte Kant oder so jemand mal geschrieben. Nee, so was war diesem Mainstream-Fuzzy sicher nicht bekannt. Wenn der an sich runterguckte, konnte er seine eigenen Füße nicht mehr sehen. Wirklich, sollte sich mal das Fett absaugen lassen, und dann sollte jemand aus diesem Fett Seife machen und daraus Nitro für eine selbstgebastelte Bombe und den pompösen Arsch damit in die Luft jagen. Wunderbar geiles Recycle-Modell, so wie in »Fight Club«. Womit hatte sie das überhaupt verdient? Nicht nur ihr Lover wurde immer fetter, sondern auch noch ihr Boss. Irgendwie paßten die beiden gut zusammen. Nur mit dem Unterschied, daß sich John den ganzen Tag Koks reinzog, während sich Randolf nur Randolf reinzog. Sie hatte noch nie jemanden kennengelernt, der dermaßen selbstverliebt war wie dieses Randybaby mit seiner Visitenkarte, auf der Creative Director *und* Deputy Managing Director stand. Also eine Art Hilfssheriff für den eigentlichen Big Boss Martin, den Randolf ständig anrief und umschleimte. Ja, Martin, das finde ich auch, Martin, ganz ehrlich, Martin, wollte ich auch gerade sagen, Martin, nein, nicht wirklich. Oh, Fuck.

Warum heiratete Randolf Martin eigentlich nicht, adoptierte ein Kind, ging in Mutterschaftsurlaub und überließ ihr seinen Job und seinen exotischen Titel. So gut wie der war sie schon lange. In letzter Zeit hatte sie oft mit dem Gedanken gespielt zu kündigen, aber sie war sich doch zu unsicher. Sie konnte sich nicht das Risiko leisten, in einer neuen Agentur die Probezeit zu vergeigen und auf einmal ohne festes Einkommen dazustehen. Das würde Herr Brink sicher gar nicht gut finden. Ihr persönlicher Berater bei der Sparkasse, der für sie die Umschuldungsnummer durchgezogen hatte. Kredit und überzogenen Dispo hatte er zu einem Superkredit zusammengefaßt, den sie jetzt jeden Monat mit satten fünfzehnhundert Mark abstottern mußte. Und das noch jahrelang, wenn nicht irgendwas passierte. Und das Schlimmste war, sie hatte noch nicht mal was von dem Geld gehabt. Nur den Fehler gemacht, einen Alki und Schläger zu heiraten und dessen Schulden gleich mit. Als das dann aus war, saß sie in der Scheiße. Der Typ war jetzt trocken und mit fünfundvierzig Frührentner und schaukelte sich die Eier, und sie hatte immer noch die Schulden am Hals und stand vor der Entscheidung, entweder bei einem immer fetter und paranoider werdenden Kokser in dieser Pseudo-Luxuswelt zu leben oder in ihre schäbige Bude in Derendorf zurückzukehren.

»Hey, Houston an Gloria, hast du ein Problem?«

»Was?« Gloria schreckte auf. Randolf stand vor ihr und steckte sich mit seinem Zippo eine Zigarette an. Das Zippo, auf das seine Frau »randy Randy« hatte eingravieren lassen. Der geile Randy. Oh Göttin. Zipp, klick, zapp. Randolf grinste.

»Hab ‘nen tollen Job für dich. Der IT-Bank-TV-Spot muß geändert werden. Von 6,1 auf 5,8 Prozent.«

Der IT-Bank-TV-Spot war ein Scheiß-TV-Spot. So scheiße, daß sie es niemandem freiwillig erzählen würde, daß sie irgend etwas damit zu tun hatte. Ein strohdummes Hardsellingkonzept, bei dem es darum ging, die Zinsen für einen Kredit so aufblinken zu lassen, daß auch der allerblödeste Volltrottel sich einbildete, er müßte da unbedingt zugreifen und sich sofort einen Opel Astra auf Pump kaufen. Und jedesmal, wenn diese scheiß Kondition geändert wurde, ob nun wirklich oder nur pseudo, oder wenn sonst irgendwas am Wording gedreht wurde, mußte sie in das verdammte Studio und die Sache produzieren.

»Kraß«, sagte sie. »Das ist doch genau, wo mein Talent liegt.«

13.

Tim war zum ersten Mal in seinem Leben in einem Ferrari Testarossa gefahren, und jetzt saß er am hellichten Tag mit einem Geldeintreiber an der Theke einer Tabledance-Bar am Mintropplatz. Auf den Tischen wurde zwar nicht getanzt, weil es dafür noch viel zu früh war, aber ansonsten entsprach die Atmosphäre voll den gängigen Klischees. Es war genauso plüschig und geschmacklos wie diese Etablissements, die es in den alten Edgar-Wallace-Filmen gab. Hinter der Theke standen allerdings weder Klaus Kinski noch Elke Sommer, sondern eine Frau, die aussah wie die Frankenbarbie aus Big Brother, diese blonde Blitzbirne, die sich mit dem farbigen Karim zusammengetan und dann getönt hatte, sie hätte nie gedacht, mal was mit einem »Necher« anzufangen.

Er trank Whisky, den ihm Charly aufgedrängt hatte. Whisky, der ziemlich billig schmeckte, aber ihm dennoch im Moment sehr gut tat. Charly trank Mineralwasser und spülte damit eine Tablette herunter. Tim traute sich nicht zu fragen, ob er irgendwie krank sei, und als Charly sich danach auch einen Whisky bestellte, schien das auch keine Rolle mehr zu spielen. Auf dem Weg hatte Charly ihm sämtliche technischen Daten des Ferraris erzählt, so als wolle er erst mal Zeit gewinnen, um dann hier an einem Ort, an dem er sich offenbar zu Hause fühlte, auf den Punkt zu kommen. Tim hatte sich inzwischen auch zu einer Entscheidung durchgerungen. Er brauchte das Geld, und Charly war ihm zwar immer noch eher unheimlich als sympathisch, aber sein Leben war sicherlich ziemlich simpel, und zu recherchieren würde es da auch nicht viel geben. Und wegen des Honorars hatte Charly sich auch nicht aufgeregt. Er mußte nur diesmal unbedingt einen höheren Vorschuß verlangen. Fünfzig Prozent am besten. Noch so eine Nummer wie mit Salzmann würde ihm nicht passieren. Ein Geldeintreiber und Krimineller hielt sein Wort wahrscheinlich eher als ein Politiker, aber trotzdem, diesmal wollte Tim sichergehen.

»Zwischen zwanzig- und dreißigtausend hast du gesagt«, sagte Charly jetzt. »Was heißt denn das? Dreiundzwanzig, fünfundzwanzig, achtundzwanzig? Und wovon hängt das ab?«

»Na ja, wie gesagt vom Aufwand. Bekomme ich alles erzählt, oder muß ich andere Leute auch noch befragen, muß ich recherchieren, gibt es Reisekosten und andere Spesen, so was in der Art.«

»Du brauchst niemand fragen, ich erzähl dir das alles selbst, und du schreibst das dann einfach auf.«

»So dürfen Sie das auch nicht sehen, ich –«

»Du.«

»Ehm, du, ja. Also du mußt mir natürlich alles erzählen, was dir wichtig erscheint, und ich werde dir auch viele Fragen stellen, aber wenn ich die ganzen Fakten habe, muß ich das natürlich irgendwie strukturieren, ein Konzept machen, einen Spannungsbogen schaffen und alles. Ich meine, jede Biographie hat letztendlich auch ein Thema. Da muß ich irgendwie den Focus finden und dann ...«

»Jetzt mach's doch nicht so kompliziert. Ich hab schon 'ne genaue Vorstellung, wie das laufen muß. Wir fangen damit an, wie ich mein erstes Geld verdient habe. Vor dem Tor der katholischen Volksschule in der Mettmanner Straße.«

»Vor der Schule? Wie hast du denn da Geld verdient?«

»Ich hab mir eins der Weicheier geschnappt und ihm einen sicheren Nachhauseweg verkauft. Eine Mark und ich passe auf, daß ihm keiner was tut, oder er kriegt höchstpersönlich von mir eins auf die Fresse.«

»Ich weiß nicht, ob das so ein guter Anfang ist.«

»Für mich war es jedenfalls einer. Und dann solltest du das auch so schreiben.«

»Also paß auf, Charly, du bist der Kunde und so, das ist klar, aber du mußt dich da auch ein bißchen auf meine Erfahrung verlassen, wenn ich –«

»Wieso deine Erfahrung? In dem Buch geht es um meine Erfahrung, Mann.«

»Klar. Was ich meine, ist, du hast Erfahrungen in deinem Leben gemacht, und ich habe Erfahrung im Schreiben.«

Charly grinste ihn an, und Tim wurde im selben Moment

klar, daß er da eine ziemlich unangenehme Wahrheit über sich selbst gesagt hatte. Natürlich war es eine etwas merkwürdige Position, über das Leben anderer Leute zu schreiben statt über das eigene. Aber die Leute, über die er bisher geschrieben hatte, hatten auch nicht gerade ein abenteuerliches Leben geführt. Sie waren meistens einfach nur eitel gewesen. Was dieser Charly, seinen Klamotten und seinem Auftreten nach zu urteilen, ganz offensichtlich auch war. Tim wurde durch ein elektronisch-blechernes Aufjaulen von Beethovens »Album für Elise« aus seinen Gedanken gerissen, und Charly holte ein Handy aus seiner Jacke.

»Klein? ... Ja, Straub, genau. Sicher können wir uns treffen. In einer Stunde bei Ihnen? Roßpfad. Okay.«

Charly grinste breit. »Ein neuer Auftraggeber. Wenn wir uns einig werden, könntest du eigentlich mitkommen. Kannst dir mal einen Eindruck machen, wie ich arbeite.«

»Du willst Geld eintreiben, und ich soll dabei sein?«

»Nee, der Typ, den wir gleich besuchen, ist der, für den ich das Geld eintreiben soll. Aber das gehört schließlich auch zu meinem Job, verhandeln, die richtigen Fragen stellen, praktisch wie du auch. Nur daß ich niemals so was Bescheuertes wie zwischen zwanzig- und dreißigtausend sagen würde. Ich sag fünfzig Prozent, und da gibt es nichts zu verhandeln.«

Tim, der mit dem Rücken zur Eingangstür saß, hörte, wie sie geöffnet wurde, und drehte sich um. Ein großer blonder Mann in einem langen Ledermantel stand im Türrahmen. Er sah Tim kurz an, lächelte und warf dann irgendwas in das Lokal, das mit einem Knall auf den Boden aufschlug und dann auf die Theke zurutschte. Plötzlich stand Charly dicht vor ihm, und dann ging alles ganz schnell. Charlys Hände legten sich um seine Hüften und hoben ihn vom Barhocker. In einer einzigen, scheinbar mühelosen Bewegung warf Charly Tim über die Theke und sprang dann sofort hinterher. Genau in dem

Moment, als Charlys massiger Körper auf ihm aufprallte und ihm die Luft nahm, hörte Tim einen extrem kurzen, aber schrecklich lauten Knall. Der knallte ganz für sich allein und wurde dann von einem weiteren Knall abgelöst, der länger nachhallte und ganz konkret nach dem Zerreißen von Holz und dem Zerplatzen von Glas klang.

»'ne verschissene Handgranate«, stöhnte Charly und wuchtete sich von Tim hoch. »Da wirft dieses Arschloch uns 'ne verschissene Handgranate vor die Füße.« Tim hatte keine Kraft aufzustehen und sah einfach nur Charly an, der den Feuerlöscher aus der Halterung hinter der Bar riß, ein paar Flammen auslöschte und herumbrüllte.

»Hey, Gitti, komm da hinten raus. Warum hast du mir denn nichts gesagt, du blöde Kuh? Du kannst dich doch nicht von diesen Scheißtypen fertig machen lassen.«

Mit Tränen in den Augen tauchte die Frankenbarbie aus dem Hinterzimmer auf und warf sich Charly in die geöffneten Arme.

»Was soll ich denn machen«, schluchzte sie. »Seit Max tot ist, hilft mir doch keiner mehr.«

»Wann waren die denn zum ersten Mal hier, die Säcke?« fragte Charly.

»Vor zwei Wochen.«

»Und wieviel haben sie verlangt?«

»Dreißig Prozent.«

»Paß auf, du machst jetzt den Laden zu und fährst für zwei, drei Wochen weg. Sagen wir drei Wochen. Und dann ist das vorbei.«

»Aber das kann ich mir nicht leisten, Charly, wie soll ich das machen?«

Charly fischte ein von einer Silberklammer zusammengehaltenes Geldscheinbündel aus seiner Jacke, zupfte ein paar Scheine heraus und legte sie auf die Theke. Vier Tausendmarkscheine, wie Tim zu seinem Erstaunen nachzählte.

»Aber Charly, das kann ich nicht annehmen«, sagte Gitti mit auffällig wenig Nachdruck.

»Max war mein Freund«, sagte Charly. »Und du warst seine Frau. Also was soll der Quatsch. Fahr mit dem Geld in Urlaub. Wer null Verdienst hat, kann auch null Schutzgeld zahlen. Schließ die Bude ab und mach, was ich dir sage. Und uns hast du nicht gesehen. Ich hab keine Lust, schon wieder als Zeuge vorgeladen zu werden. Los, wir verschwinden durch den Hof. Ja du, nicht Gitti, Mensch.«

Charly drängte Tim in den Raum, aus dem Gitti eben noch heulend rausgekommen war. Tim hatte dort eine Küche erwartet, es handelte sich aber nur um einen Abstellraum, der wiederum in eine große Garderobe führte, in denen sich die Frauen offenbar für ihre Tabledance-Nummern umzogen. Am Ende der Garderobe befand sich eine Stahltür, die Gitti ihnen jetzt mit zitternden Händen aufschloß.

Sie liefen quer über einen Hinterhof, und Charly stemmte sich die Mauer zum Nebengrundstück hoch. Tim mußte sich eingestehen, daß Charly wesentlich durchtrainierter war als er. Charly zog ihn sogar die Mauer hoch, weil Tim es nicht aus eigener Kraft schaffte.

»Warum hauen wir denn ab, wenn dein Ferrari auf der Straße steht, ich meine, wenn die Bullen kommen, dann wissen die doch eh, daß du hier warst«, versuchte er abzulenken.

»Hier in der Gegend schon«, sagte Charly. »Aber nicht bei Gitti. Und jetzt hau rein. Wir haben ‘ne Verabredung. Und vorher müssen wir auch noch was einkaufen.«

»Wir müssen gar nix«, sagte Tim. »Mir reicht das hier. Ich fahr nach Hause. Ich mag das nicht, wenn man mit Handgranaten nach mir wirft.«

»Wenn der nach dir geworfen hätte, dann hätte der auch getroffen«, sagte Charly. »Der wollte nichts von uns. Wir waren zur falschen Zeit am falschen Ort, das ist alles.«

»So kann man es auch sagen. Fehlt nur noch: das falsche Projekt. Ich steige aus, das ist nichts für mich.«

Aus der Ferne war ein Martinshorn zu hören.

»Okay, ich verdopple dein verdammtes Honorar«, sagte Charly. »Aber jetzt schwing die Hufe.«

14.

Eine halbe Stunde später betrachtete Tim im Armani-Shop auf der Königsallee sein Spiegelbild und erkannte sich nicht mehr.

»Paßt«, sagte Charly zu einer magersüchtigen Verkäuferin, oder wahrscheinlich hießen die hier Outlet-Manager oder so, und drückte ihr eine goldene Kreditkarte in die Hand. »Behält der Junge gleich an. Die alten Klamotten könnt ihr einpacken.« Tim wagte ebensowenig zu widersprechen wie die Verkäuferin, die ihr bezauberndstes Audrey-Hepburn-Lächeln aufsetzte.

»Und gleich rufen Sie uns dann noch 'ne Taxe, Schätzchen.« Charly sah Tim prüfend an. »Völlig anderer Mensch. Kleider machen Leute, ich sag's ja. Armani ist genau richtig für dich im Moment. Sieht nach was aus, verlangt aber noch nicht so viel von dir selbst. Für Prada müßtest du ein bißchen mehr Ausstrahlung haben. Und ob du jemals wie ich Yamamoto tragen kannst, kann ich jetzt noch nicht sagen. Aber wie auch immer, jetzt geht's einigermaßen. Du hast wirklich ausgesehen wie der letzte Penner. Kein Wunder, daß deine Freundin dich nicht ernst nimmt.«

Tim konnte nicht alles kommentarlos übergehen. »Wie kommst du denn darauf?«

»Das merkt man einfach. Ich wollte auch nicht persönlich werden, sorry. Aber so wie du aussiehst, ich meine, da könntest du was Besseres haben, wenn du verstehst, was ich meine. Ach Scheiße, was rede ich da, mußt du doch selbst wissen.«

»Find ich allerdings auch«, sagte Tim trotzig. »Und das Geld für den Anzug kriegst du zurück.«

»Verrechne es mit den Spesen und sei nicht so kleinkariert. Und jetzt los. Wie lange dauert das denn noch?«

Die Verkäuferin zuckte zusammen und hielt Charly einen Kuli zum Unterschreiben hin.

»Da draußen steht auch schon das Taxi«, sagte sie mit hoher Kieksstimme.

Charly legte Tim eine Pranke auf den Rücken und drückte ihn sanft nach draußen.

»Roßpfad«, sagte Charly.

Der Fahrer drehte sich fragend um. »Wo soll das denn sein?«

»Bin ich die Taxizentrale oder was?« dröhnte Charly.

»Das ist in Wittlaer«, sagte Tim.

»Woher weißt du das denn?« fragte Charly.

»Da wohnt ein Kunde von mir.« Tim hatte schon die ganze Zeit überlegt, ob er Charly von Salzmann erzählen sollte. Eigentlich wäre es die Lösung. Charly trieb das ausstehende Honorar bei Salzmann ein, und er schrieb dafür seine Biographie. Blieb nur das Problem mit der Provision. Tim konnte sich nicht vorstellen, daß Charly auf seine fünfzig Prozent verzichten würde. Nein, er hatte eine bessere Idee. Er würde Charly nichts davon sagen. Er würde Charlys Biographie schreiben und dabei lernen, wie man Geld eintreibt. Und dieses Wissen würde er dann bei Salzmann umsetzen.

Tim hatte Salzmann mehrfach in seinem Haus am Roßpfad besucht, und ihm war aufgefallen, daß auf der Straße immer die neuesten Modelle aller Nobelmarken standen. Limousinen und Porsches für die Herren, Beetles, Z3s und Audi TTs als Einkaufswägelchen für die Damen. Auch jetzt, als sie durch den Roßpfad fuhren und Salzmanns Haus rechts liegenließen, war das wieder so. Das Taxi fuhr auf ein von einer Videokamera überwachtes Tor zu. Der Fahrer stieg aus und klingelte. Das Tor schwang auf, und sie fuhren über einen langen Kiesweg auf eine gigantische Hütte mit riesigen Fenstern zu.

*

Von Waltersheim stand vor der Tür und nickte ihnen zu. Er war groß, hager, mit sehr breiten Schultern. Ende sechzig mußte er jetzt sein, sah aber gut zehn Jahre jünger aus. Seine grauen Augen hielten Charlys Blick stand. Charly wollte es nicht unbedingt drauf ankommen lassen und sah als erster weg. Aber so wie von Waltersheim jetzt lächelte, kam es ihm vor, als hätte der das gemerkt. Von Waltersheim machte eine einladende Handbewegung, ließ ihn und den Kleinen an sich vorbei in die Halle gehen und schloß die Tür hinter ihnen. Dann führte er sie in ein großes Wohnzimmer, durch dessen Fenster man auf den Rhein sehen konnte.

»Schöne Aussicht haben Sie hier«, sagte Charly.

»Echt super«, sagte der Kleine, und Charly bereute, daß er ihm nicht vorher gesagt hatte, einfach die Klappe zu halten.

»Kommen wir doch gleich zur Sache«, sagte von Waltersheim. Es standen überall diverse Sitzgelegenheiten herum, aber er bot ihnen keinen Platz an, sondern hielt Charly statt dessen einen dicken DIN-A-4-Umschlag hin. Charly öffnete ihn und holte einen Schnellhefter und ein paar Fotos heraus. Die Fotos zeigten einen kleinen dicken Mann Mitte dreißig und waren offenbar alle ohne sein Wissen mit einem Teleobjektiv geschossen worden. Charly hatte den Mann schon mal gesehen. Er war sich ziemlich sicher, daß das der kleine Dicke aus der Kö-Galerie war.

»Thorsten Neuenhofer«, sagte von Waltersheim. »Er schuldet mir zwei Millionen Mark.In der Akte stehen alle Fakten über ihn.«

»Sie kennen meine Bedingungen, Herr von Waltersheim?« frage Charly, während er in dem Schnellhefter blätterte.

»Nennen Sie mich VW. Ja, kenne ich.«

»Fünfzig Prozent sind eine Million Mark, VW. Sie haben alle anderen Möglichkeiten in Betracht gezogen?«

»Sonst wären Sie jetzt nicht hier. Es gibt keine anderen Möglichkeiten mehr. Es muß schnell gehen. Und ich weiß, daß Sie der Beste sind. Oder zumindest mal waren.« Von Waltersheim grinste.

Charly reichte es langsam. Dieser arrogante Sack sollte aufpassen, daß er nicht allzu sehr auf die Kacke haute. Okay, er hatte einen guten harten Blick drauf, aber offensichtlich war er letztlich doch nicht tough genug, sich die Kohle selbst zurückzuholen. Jetzt war ihm auch klar, warum die Russen hinter dem Dicken hergewesen waren. Von Waltersheim hatte sie auf Neuenhofer angesetzt. Und dann war die Sache danebengegangen. Charly beschloß, sich dumm zu stellen. Von Waltersheim mußte nicht unbedingt wissen, daß er im Bilde war.

»Derzeitiger Aufenthaltsort?« fragte Charly.

»Steht alles da drin. Er wohnt in einem Penthouse am Karlsplatz.«

»Karlplatz«, sagte Tim.

Warum hielt der Junge nicht einfach die Klappe?

»Karlplatz«, wiederholte er. »Es heißt Karlplatz. Aber die meisten Düsseldorfer sagen Karlsplatz. Obwohl es falsch ist. Ein Phänomen. Stand sogar neulich ein Artikel in der Rheinischen Post drüber.«

»Sehr interessant«, sagte von Waltersheim. »Er wird das Geld nicht gerade zu Hause haben und auch sicher nicht bei einer Düsseldorfer Bank. Eher in der Karibik. Und er muß einen Strohmann haben, dem er absolut vertraut. Denn er selbst besitzt nichts. Er hat einen Offenbarungseid geleistet. Die Wohnung, in der er lebt, gehört einem Bekannten von ihm. Der wird das Geld nicht haben, das wäre zu offensichtlich.«

»Er wird es mir schon sagen, wenn ich mit ihm geredet habe«, sagte Charly mit einem optimistischen Lächeln.

»Er ist niemals allein«, sagte von Waltersheim. »Er hat immer zwei oder drei Bodyguards dabei.«

»Ich bin ja auch nicht allein«, sagte Charly und knallte seine Pranke auf Tims Schulter. »Der Junge hier ist eine echte Geheimwaffe.«

Von Waltersheim musterte Tim eingehend. »Sie sehen aus wie so ein Hacker-Typ. Internetspezialist, was?«

Tim räusperte sich und suchte offenbar nach einer Antwort.

Charly grinste noch mehr. »Nicht nur, nicht nur. Der Junge ist ein Allround-Talent.«

»Was meinen Sie, wann ich das Geld haben kann?« fragte von Waltersheim.

»Da wir uns den Betrag ja teilen«, sagte Charly, »was halten Sie von St. Martin. Ist ja in ein paar Tagen.«

Von Waltersheim hielt Charly die Hand hin, und Charly schlug ein.

»Also St. Martin. Das große Gripschen.«

15.

»Nee, da kann ich nit, da muß ich noch nach Aldi«, brüllte die Vierkantfresse ins Handy, »für heute abend die Fete, die haben doch den Tschardonäh aus Australien für sechsachtundneunzig. Der Jürgen trinkt den doch so gern.«

Neuenhofer hätte den Kasper töten können, auf der Stelle. Wegen alles niederschmetternder Blödheit und besonderer grammatikalischer Grausamkeit. Aber das hatte er jetzt davon. Er mußte Vierkantfresse akzeptieren. Die Bodyguards waren nun mal so. Versuchten sich mit bei H&M und C&A gekauften Billigklamotten wie Yuppies anzuziehen, was natürlich furchtbar mißlang.

Zum einen, weil sie mit ihren Muskelpaketen einfach nicht mehr in Konfektionsgrößen paßten, zum zweiten, weil man ihnen selbst in Maßanzügen unweigerlich bis in alle Ewigkeit den Proll ansah. Und vor allen Dingen anhörte.

Vierkantfresse stand breitbeinig auf dem Penthouse-Deck, das Handy verschwand praktisch komplett in seiner Riesenpranke. Aber während er dummes Zeug quatschte, beobachtete er unablässig den Platz vor dem Haus und die Dächer der Umgebung. Das war schon ein Profi. Der Gedanke besänftigte Neuenhofer ein bißchen. Nicht, daß er sich bei Vierkantfresse und seinem Kollegen Winnetou, der gerade in der Küche Espresso machte, hundertprozentig sicher fühlte. Aber immerhin waren sie besser als gar nichts.

Vierkantfresse hatte das Telefongespräch beendet und zündete sich eine Marlboro Light an.

»Chef hat morgen Geburtstag«, sagte er grinsend. »Wollen wir heute abend um zwölf 'ne Überraschungsfete bei ihm machen. Natürlich nur die, die dienstfrei haben. Machen Sie sich mal keine Sorgen, bei Ihnen sind selbstverständlich zwei Kollegen, Sie haben ja rund um die Uhr gebucht.«

Winnetou kam mit einem Tablett mit drei Espressi aus der Küche. Er hatte seine blauschwarze Mähne zu einem langen Zopf geflochten und war darauf mächtig stolz, jedenfalls machte er daran bei jeder Gelegenheit rum. Vierkantfresse hieß Kevin, und Winnetou hieß Yücsel, und besagter Jürgen, der Chef, Jürgen Coenen, hatte ihm gesagt, seine Leute seien es gewöhnt, mit Vornamen und Sie angesprochen zu werden. Also redete er sie mit Kevin und Yücsel und Sie an und nannte sie insgeheim Vierkantfresse und Winnetou oder manchmal auch nur einfach Arschloch eins und Arschloch zwei. Aber alles hatte seinen Preis, nicht wahr? Dafür war er jetzt wenigstens so reich, wie er es sich immer gewünscht hatte. Jedenfalls, wenn alles gut ging und Maurice das Geld vernünftig investierte, das seine Kunden ihm unvernünftiger Weise anvertraut hatten. Irgendwann würde er diese verdammte Stadt und dieses verdammte Land und diesen verdammten Kontinent verlassen. Aber bis dahin mußte er die Zähne zusammenbeißen.

»Drei Espresso Mikato«, sagte Winnetou stolz.

Neuenhofer verbesserte ihn nicht. Er war froh, daß Winnetou inzwischen in der Lage war, einen richtigen Macchiato herzustellen. Da mußte er ihn nicht auch noch richtig aussprechen können.

»Mille Grazie«, sagte er statt dessen und hielt Winnetou seine Zigarettenpackung hin, nachdem der das Tablett abgestellt hatte.

Winnetou fingerte sich eine heraus und gab sich und Neuenhofer Feuer.

»Schon gut, wenn ein Kunde auch raucht«, sagte Winnetou. »Die meisten sind ja heute Nichtraucher, mußte immer in 'n Garten oder auf 'n Balkon.«

Neuenhofer zwang sich zu lächeln. »Da haben Sie Glück gehabt, Yücsel. Ich hab erst vor ein paar Tagen wieder angefangen. Nach sechs Jahren.«

»Oh Mann, das kenn ich. Du denkst, du bist clean, und plötzlich passiert irgendwas, und du hängst wieder voll dran.«

Genau, dachte Neuenhofer. Plötzlich sind zwei wild gewordene Russen mit einer Uzi hinter dir her, und du hast ein Schweineglück, daß du ihnen entkommst, und dann rauchst du erst mal zehn Zigaretten hintereinander, und dann hängst du wieder voll dran, du Winnetou-Komiker.

Neuenhofer nahm seinen Espresso mit auf die Terrasse und sah auf den Karlsplatz herunter. Ohne die dämliche neue Glasüberdachung hatte ihm der Markt besser gefallen. Aber trotzdem war die Aussicht immer noch jede Mark wert, die er in die Hütte gesteckt hatte. Hatte schon was von Paris hier, ganz eindeutig. Morgens mit dem Aufzug runter, frische Croissants, die Financial Times und das Wall Street Journal kaufen und wieder rauf. Oder ein bißchen in der »Marktwirtschaft« abhängen.

*

»Gehen Sie mal lieber wieder rein«, sagte Kevin. »Wenn hier irgendeiner mit 'nem Präzisionsgewehr auf der Lauer liegt, dann kann ich Ihnen auch nicht helfen. Wissen Sie, wie schnell da die Ladung fliegt? Achthundertfünfzig Meter in der Sekunde. So schnell ist kein Bodyguard, Herr Neuenhofer.«

Der Dicke sah ihn mürrisch an und verzog sich wieder ins Wohnzimmer. War immer dasselbe mit solchen Kunden. Wollen beschützt werden, aber machen dir Vorwürfe, wenn du die Sache auch wie ein Profi durchziehst. Wobei, der Dicke ging ja noch, war ganz gemütlich, so wie Dicke nun mal so waren. Er fragte sich nur, vor wem der Dicke Angst hatte. In der Hinsicht hielt der sich geschlossen. Jürgen hatte auch nix Konkretes gesagt. Nur, daß der Kunde ernsthaft bedroht worden sei. Also kein Scheiß, da sei wirklich mit allem zu rechnen. Der Kunde habe Ärger mit Leuten aus dem ehemaligen Ostblock. Keine Russenmafia. Aber auch keine Amateure. Also Vorsicht und deshalb die besten Männer. Er und Yücsel am Mann. Harry unten an der Haustür.

Kevin lehnte sich gegen das Geländer und sah auf den Markt runter. Wurde jetzt noch mal richtig voll. Da kamen die ganzen Büro-Tussen und -Hengste und kauften das teure Zeugs ein. Jürgen ging da auch immer Samstag morgens hin. Aber der konnte sich das schließlich auch leisten. Mußte ja auch mal was kochen in seiner sauteuren Bulthaupküche. Neunzig Riesen hatte der dafür hingelegt, die Rechnung hatte er selbst gesehen. Neunzig Riesen für 'ne Küche. Samstags schmökerte der jetzt immer in irgendwelchen Kochbüchern, die er sich geholt hatte, machte sich 'nen Rieseneinkaufszettel und fuhr zum Karlsplatz. Und Samstag abends kochte er dann höchstpersönlich für irgendwelche Geschäftsfreunde. Oder nur für Katja. Das war auch so 'ne Nummer. Katja. Hatte Jürgen praktisch fürs Wochenende im Dauerabo. Konnt er für kochen, mit ausgehen oder einfach nur vögeln, wo immer ihm der Sinn nach stand. Zahlte ja dafür. Und wenn er dann Sonntagnachmittag genug hatte, schickte er sie nach Hause. Das war echt cool. Das war genau das, was er auch machen wollte. Selbst ein Security-Unternehmen aufziehen, und dann, wenn der Laden lief, erst 'nen Jaguar und dann auch so 'ne Happy-Weekend-Nummer. Wobei, er würde sich jedes Wochenende 'ne andere Tusse nehmen. Wenn schon denn schon. Aber die Grundidee war eben geil. Bezahlen und dafür aber auch Ruhe, wenn man sie wollte. Der Jürgen, der war gut drauf, konkret. Und der kam schließlich auch aus Marxlohe, genau wie er. Merkte man ihm nicht mehr an, auch nicht, wenn er redete. Richtig hochdeutsch.

Auf dem obersten Deck des Parkhauses gegenüber blitzte etwas in der Sonne auf. Kevin war einen Moment wie erstarrt. Wollte sich einerseits auf den Boden in Deckung werfen, andererseits aber auch kein Theater machen. Nichts passierte. Mußte ein Außenspiegel von einem der Fahrzeuge gewesen sein. Sonst hätte es ihn längst erwischt. Aber es hätte auch ein Zielfernrohr gewesen sein können, was da in der Sonne reflektierte. Er wollte da lieber kein Risiko eingehen und den Kollegen mit einschalten. Er ging ins Wohnzimmer und deutete Yücsel mit einer Kopfbewegung an, ihn abzulösen.

»Geh ma raus, ich muß ma aufs Klo.«

Als Kevin zurückkam, war alles ruhig. Er setzte sich dem Dicken gegenüber aufs Sofa. Der hatte den Fernseher angemacht und glotzte irgend so eine Börsensendung. Eine Riesenglotze. Kostete bestimmt zehn Riesen das Teil. Mann oh Mann.

»Tolles Badezimmer haben Sie«, sagte Kevin. »Sind das echte Schieferwände in der Duschkabine? Ich meine, ich hab nicht geschnüffelt, die Schiebetür war auf.«

»Ist echt. Fünfundzwanzigtausend hat mich die kleine Naßzelle gekostet. Exklusive Whirlpool. Aber das ist doch hammerhart, oder?«

»Wirklich geil, echt. Sie haben wirklich Geschmack, Herr Neuenhofer. Auf so was muß man erst mal kommen.«

»Na ja, meine Idee war das nicht. Ich habe extra eine Stylistin engagiert für die Wohnung hier. Zuerst einen Innenarchitekten, aber der war mir zu konventionell. Dann dachte ich, hey, nimm dir doch eine Stylistin aus der Werbebranche. Und was sag ich Ihnen, das war genau die richtige Entscheidung. Die hat wirklich Stil, die Frau. Glaubt man auf den ersten Blick gar nicht. Immer nur Retro-Klamotten aus dem Second-Hand und so was. Aber ich hab Bekannte in der Werbung, die sagen, die Stylistinnen und auch die Visagistinnen, die sehen immer so schlampig aus. Na ja, egal, das Ergebnis spricht für sich.«

»Kann man wohl sagen. Überhaupt die ganze Wohnung hier. Kann man Ihnen nur zu gratulieren. Möcht gar nicht wissen, was das gekostet hat.«

»Da mach ich kein Geheimnis draus«, sagte Neuenhofer. »Einskommafünf, sind Sie mit dabei.«

»Anderthalb Mio?«

»Na ja, die Aussicht kriegen Sie nicht überall, oder?«

»Stimmt.«

Eigentlich war der Dicke ganz nett. So normal eben. Hätte ja nicht sagen müssen, was die Schose hier kostet. Und als er es sagte, kam das ganz korrekt rüber. Ohne auf die Kacke zu hauen. Ganz anders als der Jürgen. Der hatte die Rechnung für seine Küche nicht von ungefähr irgendwo liegen lassen. Die *sollte* jemand sehen. Und wie der sich mit seinem Jaguar angestellt hatte. Dabei konnte man als Fachmann sofort sehen, daß das ein Unfallfahrzeug war. Da hatte der höchstens zehn Lappen für hingelegt. Aber tat so, als ob. Typisch neureich eben. So war der Dicke nicht.

»Darf ich mal fragen, was Sie beruflich machen?« sagte Kevin.

»Unternehmensberater.«

Kevin stand auf. »Ist ja interessant.« Er sah raus auf die Terrasse. Alles im grünen Bereich. Yücsel lehnte am Geländer, rauchte und sah auf den Markt runter. »Ich meine, ich will Sie nicht langweilen oder belästigen oder so was, aber können Sie mir da vielleicht 'n paar Tips geben?«

»Kein Thema«, sagte Neuenhofer und schaltete mit der Fernbedienung MTV ein. »Ich bin froh, wenn ich ein bißchen Ablenkung habe.«

*

Neuenhofer wunderte sich trotz aller Erfahrungen immer wieder, wie leicht ihm Menschen Vertrauen schenkten. Kaum war er mit jemandem länger als zehn Minuten zusammen, dann hatte derjenige das unstillbare Bedürfnis, sein Innerstes nach außen zu kehren. Er wollte eigentlich auch nicht wirklich wissen, warum das so war, denn er fürchtete insgeheim, daß dieser Zauber, mit dem er sein Geld verdiente, sofort schwinden würde, wenn er auf den Grund dafür stieß.

Kevin erzählte ihm von seinem Wunsch, sich in naher Zukunft selbständig zu machen, und von der Schwierigkeit, das Kapital dafür aufzubringen. Ziemlich einfach gestrickt, die Vierkantfresse. Muskeln hatte er genug und wahrscheinlich auch genug Durchsetzungsvermögen, um den Chef zu spielen.

Aber das war es dann auch schon. Irgendwie tat er ihm schon fast leid. Also warum nicht den einen oder anderen Tip.

»Ist genau die richtige Entscheidung«, sagte Neuenhofer. »Personenschutz hat eine ganz große Zukunft. Und Sie haben doch Erfahrung und sicher auch Beziehungen zu potentiellen Kunden. Also ich meine, Sie können Ihrem jetzigen Chef bestimmt den einen oder anderen Stammkunden abwerben, oder?« Neuenhofer lachte sein geübtes lautes Gewinnerlachen. »Sie brauchen nur einen richtigen Unternehmensplan, der das alles dokumentiert. Dann wirft Ihnen jede Bank die Kohle nur so hinterher.«

»Sie haben gut reden«, sagte Kevin.

»Wissen Sie was«, sagte Neuenhofer, »schreiben Sie mir bis morgen doch einfach mal grob auf, wie Sie sich das alles vorstellen, wie viele Angestellte Sie brauchen, was Sie für Honorarvorstellungen haben, alles, was Ihnen dazu einfällt. Und dann reden wir mal drüber.«

Kevin konnte es kaum fassen. »Das würden Sie machen?«

»Warum nicht«, sagte Neuenhofer. »Ich bin froh, wie gesagt, wenn ich Ablenkung habe. Aktuelle Klienten habe ich im Moment nicht. Wie denn auch, wenn ich hier leben muß wie Salman Rushdie.«

Kevin sah Neuenhofer fragend an.

»Salman Rushdie. Haben Sie doch sicher von gehört.«

»Kann sein. Weiß ich nicht so genau. Müssen Sie mir auf die Sprünge helfen.«

»Der hat ein Buch geschrieben. ›Satanische Verse‹. Nichts besonderes. Aber die Moslems haben behauptet, das Buch wäre eine Gotteslästerung. Und dann hat Ajatollah Khomeny ein Todesurteil verkündet und eine Belohnung auf Rushdies Kopf ausgesetzt. Seitdem kann der sich nicht mehr an die Öffentlichkeit trauen. Selbst nachdem Khomeny längst tot ist.«

»Sie müssen sich vor den Moslems verstecken? Mann, das sind aber auch Fanatiker.«

»Nein, ich nicht. Salman Rushdie. Ich meine, ich bin nur in einer ähnlichen Situation. Aber ist ja auch egal. Das führt jetzt sicher zu weit.«

»Nee, das kann ich schon verstehen. Die sind eben ganz anders als wir, diese Typen. Ich meine, sehen Sie nur meinen Kollegen hier, den Yücsel. Ich meine, nix gegen ihn, netter Kerl und alles. Aber der ist schon anders. Die Schwester von dem rennt immer noch mit 'nem Tuch vor dem Gesicht rum. Und wenn die einer schief anguckt, dann rastet der Yücsel aus. Ist doch nicht normal, oder? Ich meine, wenn die hier leben, dann können die sich uns doch anpassen, oder? Da sind doch viele, die können nich mal Deutsch. Liegt doch nicht an uns, wenn die sich nicht integratieren. Die wollen dat doch gar nich. Die bleiben doch lieber unter sich. Die sind nich so wie die Itaker oder die Griechen. Die blocken ab. Aber wehe, wenn man wat sagt, wat ihnen nich gefällt. Klar, dann gibt et gleich ein Todesurteil vom Komheini.«

»Was für eine Ausbildung brauchen Sie eigentlich für Ihren Job?« fragte Neuenhofer. Mehr von der gequirlten Scheiße wollte er sich jetzt wirklich nicht anhören.

»Na ja, Kampfsport ist schon nicht unwichtig«, sagte Kevin. »Regelmäßige Schießübungen, Waffenschein muß natürlich sein, und dann hab ich so Schulungen am Wochenende gemacht. Also reine Action war ein Teil, das haben so ehemalige Soko-Leute gemacht. Richtig so mit knallhartem Training. Fährst 'nen Klienten mit dem Auto durch die Gegend, und dann wirste überfallen und mußt den Klienten schützen. Also richtig stuntmäßig mit der Karre fahren, Schußwechsel, Nahkampf, alles. Und dann noch 'n bißchen Theorie, gutes Benehmen und so was.«

»Klingt ziemlich hart.«

»Na ja, war's auch. Aber ich war der Beste im Lehrgang.«

»Ich hab da eine Idee«, sagte Neuenhofer. »Was das Kapital für Ihr Unternehmen betrifft. Vielleicht kann ich Ihnen da ganz schnell helfen. Könnten Sie sich vorstellen, Urlaub zu machen und auf eigene Rechnung für mich zu arbeiten?«

16.

»Tja«, sagte Tim, »das war wirklich sehr interessant. Dann würd ich mal sagen, wir treffen uns, wenn du den Job erledigt hast, und dann erzählst du mir alles. Könnte ich mir sehr gut als erstes Kapitel für das Buch vorstellen.«

Charly schüttelte den Kopf. »Nix. Du bist dabei.«

»Nee, nee, auf gar keinen Fall, das ist ein Mißverständnis.«

»Hast Schiß, was?«

»Was heißt Schiß. Ich schreib deine Biographie, okay, aber von einer Livereportage war keine Rede. Ich weiß auch gar nicht, wie das gehen sollte. Da stehe ich doch nur im Weg. Ich meine, der Typ hat drei Bodyguards. Wie willst du das überhaupt machen?«

»Kann ich jetzt noch nicht sagen. Kommt auf die Bodyguards an. Die meisten sind Idioten. Die wahrscheinlich auch. Ich werd schon 'nen Weg finden, an den Typen allein ranzukommen. Da kannst du mir vielleicht sogar bei helfen.«

»Also wirklich nicht. Wenn, dann sehe ich mich als neutraler Beobachter. Aber nicht aktiv. Auf keinen Fall aktiv. Ich kann und will so was nicht.«

»Und ob du Schiß hast.«

»Charly, ich bin nicht so gut in diesen körperlichen Sachen. In der Schule haben sie mich immer als letzten in die Mannschaft aufgenommen beim Sport. Und die wußten schon, warum. Und ich hatte noch nie im Leben 'ne Schlägerei.«

»Wer redet denn von Schlägereien, du Schreibtischhengst? Ich hab dir doch gesagt: Gewalt ist das letzte Mittel. Ich arbeite mit der Phantasie der Leute. Die Vorstellung von dem, was ich ihnen antun könnte. Schreib das mal endlich auf, das ist gut. Stift und Notizbuch wirst du ja wohl dabei haben.«

Das hatte Tim tatsächlich, und er machte sich schnell ein paar Notizen: »Das ist alles der helle Wahnsinn. Ich muß hier weg, und zwar sofort.«

Als er vom Notizbuch hochsah, sauste Charlys Faust auf seine Augen zu. Tim war wie gelähmt. Fünf Zentimeter vor seiner Nase stoppte die Faust. Charly lachte. »Du mußt schneller reagieren lernen. Ich hätte dich voll erwischt. Wollte dir nur zeigen, daß ich auch immer Handwerkszeug dabei habe.«

»Super«, sagte Tim. »Also, da vorn an der Ecke hält gerade der Bus. Der fährt nach Kaiserswerth, und von da kann ich mit der Bahn in die Stadt fahren.«

»Quatsch. Ich fahr dich nach Hause.«

Charly öffnete die Türen seines Ferraris mit der Fernbedienung. »Los, rein mit dir.«

»Also noch mal«, sagte Tim. »Ich bin nicht der Typ für so was. Meine Stärke liegt darin, über das Leben von Menschen zu schreiben. Aber nicht, an diesem Leben teilzunehmen.«

»Hört sich für mich eher wie 'ne Schwäche an, um ehrlich zu sein«, sagte Charly, während er einen Mercedes überholte, nur um ihn sofort zu schneiden und in die Esso-Tankstelle kurz vor dem Klemensplatz zu rauschen. Er stieg aus, steckte den Füllstutzen in die Tanköffnung und riß dann die Beifahrertür auf.

»Denk mal drüber nach.« Dann knallte er die Tür wieder zu.

Tim beobachtete im Rückspiegel, wie Charly nervös hin und her lief. Ein paar Leute glotzten ihn an, schauten aber sofort weg, wenn sie seinem Blick begegneten. Charly hängte den Schlauch wieder an der Zapfsäule ein und ging zum Kassenraum. Aus einem Impuls heraus öffnete Tim das Handschuhfach und starrte ratlos auf eine große, chromblitzende Pistole mit langem Lauf. Er nahm sie raus und starrte noch mehr. Sie war sehr kalt und sehr schwer. Er legte sie zurück, schloß das Handschuhfach, öffnete die Tür und stieg aus. Charly stand an der Kasse und unterhielt sich mit dem Kassierer. Tim ging ganz langsam und lässig bis zu den Staubsaugerautomaten und rannte dann so schnell er konnte in Richtung Klemensplatz. Er drängelte sich durch die Schlange, die sich vor der Berliner Currywurstbude angestaut hatte, und hastete zur Straßenbahnhaltestelle, in die gerade die U-79 Richtung Innenstadt eingefahren war. Die Türen waren alle schon zu und reagierten nicht mehr auf Knopfdruck. Tim heulte fast vor Erleichterung, als der Fahrer auf sein verzweifeltes Klopfen reagierte und ihn doch noch reinließ.

Doppeltes Honorar hatte Charly gesagt. Fünfzigtausend Mark. Davon könnte er gut ein Jahr leben. Vielleicht sogar ein bißchen länger. Aber nee, das war ihm die Sache nicht wert.

Den Knall der Handgranate hatte er immer noch im Ohr. Okay, sie war nicht für ihn oder Charly bestimmt gewesen, aber ohne Charly wäre er wohl kaum in eine solche Situation geraten. Und er hatte absolut keine Lust darauf, in weitere Situationen dieser Art zu kommen. Zwei Millionen Mark von einem Betrüger zurückholen, der von Bodyguards bewacht wurde! Hey, er war ein schlecht verdienender Schreiber, der mit einer neurotischen Lehrerin zusammenlebte. Er war kein Schauspieler in einem TV-Movie von Pro 7. Er sah aus dem Fenster. Kein Ferrari in Sicht. Sein Gesicht spiegelte sich im Fensterglas. Da erst wurde ihm bewußt, daß er ja die ganze Zeit diesen teuren Armani-Anzug trug. Und daß seine alten Klamotten in einer Tragetasche in Charlys Ferrari lagen. Mit Geld, Papieren und Haustürschlüssel.

17.

»Also noch mal. Das Pferd bäumt sich auf den Hinterbeinen auf, und der Cowboy hält sich an der Mähne fest. Dann geht das Pferd auf die Vorderbeine und schlägt mit den Hinterbeinen aus. In diesem Moment fällt der Cowboy runter. Aber daß die Zinsen fallen, mußt du trotzdem schon sagen, wenn das Pferd mit den Vorderbeinen wieder auf der Erde ist, klar? Sonst kommen wir nie mit der Zeit hin!«

»Klar«, sagte der Sprecher fröhlich.

Was für eine Dumpfnase, dachte Gloria. Letztes Mal hatte sie als Off-Sprecher einen Typen gehabt, der aussah wie ein Heavy-Metal-Gitarrist. Ein Spargeltarzan mit hautengen Klamotten und langen fettigen Haaren und tausend Tattoos und Piercings. Nicht gerade der Typ, den man sich im Zusammenhang mit einem TV-Spot für eine Bank vorstellen konnte. Aber man sah ihn ja nicht. Und der Typ war gnadenlos gut gewesen. Der kriegte den verdammten Text, der nach den vielen Änderungen vom Kunden viel zu lang für die fünfzehn Sekunden geworden war, auf den Punkt hin, ohne zwischendurch auch nur einmal Luft zu holen. Und der Typ hier sah aus wie ein Bankkaufmann, kriegte es aber nicht hin. Hatte einfach keinen Sinn für Timing. Immer wieder setzte er an der falschen Stelle ein. Und immer wieder war er zu lang.

»Die Zinsen fallen wieder. Jetzt nur vier Komma acht Prazent für den Fastmoney-Kredit der IT-Bank.«

»Gleich noch mal«, sagte der Toningenieur und sah Gloria gequält an. »Du hast ›Prazent‹ gesagt statt ›Prozent‹. Aber sonst war das ganz schön jetzt.«

»Die Zinsen fallen wieder. Jetzt nur vier Komma acht Prozent für den Fastfood – oh, Scheiße …«

Gloria zündete sich eine Zigarette an. »Kannst du nicht die Prozent aus einem anderen Take rausschneiden, Willi? Ich glaub, ich halt das nicht mehr aus.«

»Meinste ich?« sagte Willi. »Ich hab wieder 'nen Hexenschuß seit heut morgen. Kann kaum sitzen. Aber laß ihn noch ein paar Dinger sprechen.«

»Dann laß uns aber wenigstens eine Pause einlegen. Vielleicht tut ihm das gut.«

Gloria stand auf und ließ Willi mit seinem Hexenschuß und seinem Computer und seinem Pult mit den tausend Tasten in dem verqualmten Studio sitzen. Sie mußte einfach an die frische Luft. Seit drei Stunden saß sie in diesem dunklen Loch in einem Hinterhof in Flingern und mußte diesen unfähigen Sprecher ertragen, während Willi immer mehr nach Achselschweiß müffelte. Und das alles für einen dämlichen Fernsehspot, den alle in der Agentur haßten wie die Pest und dessen Wording auch noch alle Nase lang geändert werden mußte. Und immer gab Randolf, dieser Scheißkerl, ihr den Job.

Während sie durch die Toreinfahrt auf die Straße trat, zündete sie sich mit der noch glühenden Kippe eine neue Zigarette an und schmiß die Kippe weg. Als sie wieder aufblickte, sah sie Til Schweiger in einem Armani-Anzug. Er war etwas kleiner, als man ihn auf der Leinwand einschätzte, und er trug eine Hornbrille. Er war einfach ... sie haßte sich im selben Moment für das Wort, aber doch, er war einfach verdammt SÜSS. Und er starrte sie mit offenem Mund an. Das konnte natürlich nicht Til Schweiger sein, schoß es ihr durch den Kopf, ganz bestimmt nicht, das einzige, was hier sicher war, war, daß der Typ einen Armani-Anzug trug, denn dafür hatte sie wirklich einen Blick. Aber trotzdem, oder vielleicht gerade weil er es nicht war ... war der SÜSS!

*

Tim ging zur Haustür und klingelte. Angelika machte nicht auf, und das hatte er befürchtet. Wahrscheinlich war sie heute wieder früh ins Bett und hatte Ohropax in den Ohren. Resigniert trat er ein paar Schritte zurück und schaute zum Fenster rauf. Dunkel. Hätte er sich auch denken können, das war der krönende Abschluß des Tages. Er beschloß, einmal um den Block zu gehen und dann Sturm zu läuten. Natürlich würde Angelika Ärger machen, aber er hatte heute schon wesentlich größeren Ärger gehabt, also kam es darauf auch nicht mehr an. Nur noch ein bißchen frische Luft vorher.

Und dann kam da auf einmal diese Frau aus der Toreinfahrt. Ganz in Schwarz. Sicher aus der Werbung. Die Werber gingen ja ein und aus in dem Tonstudio im Hinterhof. Sie rauchte hektisch und schien ziemlich wütend zu sein. Dann sah sie ihn an. Tim hatte plötzlich keine Gewalt mehr über seinen Unterkiefer, der einfach langsam heruntersackte. Sie sah aus wie ... ja wie sah sie aus ... sie sah aus wie Waltraud. Ja, Waltraud hieß sie. Waltraud, mit der er sich jeden Nachmittag getroffen hatte, als er neun Jahre alt war.

»Waltraud?« sagte er ungläubig.

»Seh ich so aus?« sagte sie.

»Ein bißchen schon. Wie eine alte Freundin von mir. Entschuldigung.«

»Macht ja nichts. Aber Waltraud möchte ich wirklich nicht heißen.«

»Tja, ehm, mußt du ja auch nicht.«

»Ich heiße Gloria.«

»Gloria.«

Tim sprach den Namen beinahe ehrfürchtig aus. Gloooria. Sie war nicht Waltraud. Dafür war sie ein paar Jahre zu jung. Aber er hatte wieder dieses Gefühl von früher im Bauch. Er hatte nicht erwartet, das noch mal zu erleben. Sie lächelte ihn an. Zog an ihrer Zigarette. Hinter ihm quietschten irgendwo Bremsen, und eine Autotür wurde aufgerissen. Tim hatte das Gefühl, aus einem Traum aufzuwachen. Wie lange starrte er sie schon an? Er mußte etwas sagen.

»Du hast deine Klamotten vergessen.«

Gloria sah ungläubig an Tim vorbei. Er drehte sich um. Charly hielt ihm die Armani-Tüte mit seinen alten Klamotten hin. »Wir müssen reden. Bei dir oder bei mir?«

Gloria warf ihre Zigarette auf den Boden, trat sie aus und verschwand in der Toreinfahrt.

Das pralle Glück in Tims Bauch wurde zu einem eiskalten schweren Stein.

Er riß Charly die Tragetasche aus der Hand. »Ich zahl dir das Geld für den Anzug, sobald ich kann, okay, aber ich –«

»Du weißt, daß ich dich zwingen könnte«, unterbrach ihn Charly.

Tim schluckte. So was hatte er kommen sehen.

»Den Anzug kannst du behalten.«

»Danke. Das ist sehr großzügig.«

»Es gibt da nur ein Problem. Kann ich mich auf deine Diskretion verlassen?«

»Natürlich.«

»Ich hab nicht dich gefragt, sondern mich. Ich kenne dich nicht und weiß nichts über dich. Aber du weißt schon 'ne Menge über mich. Die Frage ist, wie du damit umgehst.«

»Diskretion gehört zu meinem Job.«

»Kannst du das beweisen?«

»Wie soll ich das beweisen? Ich kann das nur versprechen.«

»Das beschreibt mein Problem ziemlich gut.«

»Was weiß ich denn schon groß? Dieser Neuenhofer oder Neuendorfer hat einen von Waltersheim angeblich um zwei Millionen erleichtert, und der will sein Geld zurück. Und irgend jemand hat eine Handgranate in eine Tabledance-Bar am Mintropplatz geworfen, als wir zufällig gerade da waren. Das ist alles. Und außerdem könntest du alles abstreiten. Und von Waltersheim erst recht. Also wo liegt das Problem?«

»Von Waltersheim ist das Problem. Ich hab dich bei ihm

praktisch als Juniorpartner vorgestellt. Er wird nicht verstehen, daß du plötzlich nicht mehr dabei bist. Das macht keinen guten Eindruck.«

Tim sah Charly ratlos an.

»Aber das ist auch gar nicht das Wesentliche. Wir haben einen Vertrag. Und einen Vertrag mit mir kündigt keiner. Wenn einer kündigt, dann ich. Klar? Du hast eine Verpflichtung.«

»Aber –«

»Und keine Sätze die mit ›Aber‹ anfangen. Wenn ich Sätze, die mit ›Aber‹ anfangen, akzeptieren würde, dann wär ich längst aus dem Geschäft.«

»Okay, es tut mir leid, daß ich einfach abgehauen bin. Ich hab die Nerven verloren. Und ich schreib ja auch deine Biographie, aber ich will einfach nicht in die Sache reingezogen werden.«

»Weil du Angst hast, oder weil du meinst, du machst dich strafbar?«

»Beides.«

»Ehrlich bist du ja«, sagte Charly und sah Tim in die Augen. Tim konnte nicht wegsehen.

»Irgendwie erinnerst du mich an meinen Alten. Ist doch komisch, oder? Obwohl du mein Sohn sein könntest. War auch so ‘n Typ wie du. Bißchen mickrig. Hat mir immer total lustige Sachen erzählt, wenn er nach Hause kam. Ich hab mich gekringelt vor Lachen. Der hätte auch Schriftsteller oder Schauspieler oder irgendwas werden können, wenn er nur den Mumm dazu gehabt hätte. Statt dessen war er Kellner in einer Fernfahrerkneipe. Und eines Abends, da war er mal wieder besoffen, hat er nicht aufgepaßt, und da hat ihn ein Lkw beim Zurücksetzen an die Wand gedrückt. Einfach zerquetscht.«

Charly fuhr sich mit der Hand über die Glatze.

»Na ja, ist ja auch egal. Dann geh mal rauf zu deiner Freundin. Und kein Wort zu ihr, das ist ja wohl klar. Und morgen rufst du mich an.«

18.

John hatte die ganze Zeit darauf gewartet, daß es klingelte, aber als es dann endlich passierte, zuckte er trotzdem vor Schreck zusammen.

»Mann, siehst du scheiße aus«, sagte Keks, als er sich an John vorbei in die Wohnung schlängelte.

John antwortete nicht, sondern streckte Keks nur ein paar Hunderter hin. Keks gab ihm ein Tütchen, und John ging damit sofort zur Küchentheke, zog sich eine Line und fegte sie sich rein.

»Du machst mir langsam Sorgen«, sagte Keks. »Ich meine, du bist mein bester Kunde mit dem höchsten Umsatz. Aber du solltest vielleicht mal ‘n bißchen auf die Bremse treten. Deine Lippen sind richtig blau, weißt du das? Von Schnee kannste Herzinfarkt kriegen, hab ich jetzt gelesen. Ich brauch dich lebend, alter Junge.«

»Dann mach demnächst schneller. Das hat ja ewig gedauert.«

»Hey, jetzt sei mal ‘n bißchen nett, ja? Das ist aus Privatbestand. Die sind diesmal spät dran mit der Lieferung. Eigentlich bin ich ausverkauft.«

»Ist ja schon gut.« John öffnete einen Wandschrank, holte eine Prinzenrolle raus und warf sie Keks zu, der sie mit der linken Hand auffing und nahezu gleichzeitig mit der rechten aufriß.

Keks ernährte sich praktisch nur von Joints und Süßkram. Unmengen von Süßkram. Klar, daß man davon ein bißchen blöd in der Birne wurde und nur in Anzügen von H&M für höchstens zweihundertfünfzig Mark das Stück rumlief. Das waren Stöffchen, da kriegte John schon vom bloßen Hingucken Ausschlag. Jedesmal, wenn Keks sich einen Joint anzündete, mußte man Angst haben, daß sein scheiß Anzug sofort in Flammen stand.

»Die neue Lieferung kommt morgen abend. ‘ne ziemliche Menge, hab ich gehört. Aber ganz nah am Ursprung. Wär was für dich, Johnnyboy. Könntest du ‘n ganzes Jahr lang Schneemänner von bauen.«

»Keine schlechte Vorstellung, sich das unter den Nagel zu reißen.«

Keks lachte. »Klar. Am besten gehst du während der Übergabe rein und nimmst den Jungs die Ware *und* das Geld ab. Reiner Sonntagsspaziergang.«

»Du sagst es, Keks. Die rechnen doch nicht mit so was.«

»Hör mal, jetzt ist gut, ja? Willst du mich verarschen oder was?«

»Überleg doch mal. Du bist ja immer dabei. Du kommst da rein. Und du machst mir auf. Damit rechnet doch keiner.«

»Und dann? Dann kitzelst du die Typen, bis die sich totgelacht haben, ja?«

John zog eine große Schachtel unter der Küchentheke hervor und legte sie auf die Arbeitsplatte.

Keks glotzte irritiert auf die Schachtel, auf der ein Elektrogrill abgebildet war. John zog den Deckel ab und warf ihn auf den Boden. Statt des Grills lagen darin eine Uzi und diverse Magazine.

»Ey komm, das ist nicht dein Ernst, John.«

»Wieso nicht. Sind doch immer nur paar Mann, hast du gesagt. Der Holländer und sein Gorilla und dein Großhändler.«

»Aber das sind Profis, John. Und die haben Artillerie einstecken.«

»Aber keine schwere Artillerie, Keks. Keine schwere Artillerie.«

»Aber die benutzen ihre im Notfall auch. Du nicht. Du mähst doch nicht zwei Menschen um, du Immobilienheini. Falls du überhaupt mit der Wumme da umgehen kannst.«

»Ich hab geübt. War ‘n paar Wochenenden in der Eifel und

hab 'n bißchen Bierbüchsenmassaker gemacht. Außerdem wird da auch gar nix passieren. Wer 'ne Uzi sieht, der macht schon, was du ihm sagst.«

»Kannst du vergessen. Da mach ich nicht mit.«

»Hey, du mußt mich doch nur reinlassen. Das müssen die gar nicht merken. Wenn ich mit dem Zeug weg bin, tuste eben wie Tulpe. Du hast mich noch nie im Leben gesehen.«

»Das glauben die mir nie, vergiß es, die sind doch nicht blöd.«

»Mensch Keks, du feige Sau, die können dir doch nix beweisen.«

»Mag ja sein, brauchen die aber auch nicht. Reicht, wenn sie mich verdächtigen. Dann bin ich raus aus dem Geschäft. Oder noch schlimmer. Vergiß es. Wirf die Wumme in die nächste Schrottpresse.«

»Komm, jetzt dreh dir erst mal 'ne Tüte, Keks. Das ist keine Schnapsidee. Da denk ich schon drei Monate drüber nach. Das ist 'ne ganz sichere Nummer, glaub mir das. Ich komm nämlich nicht nur mit 'ner Uzi. Ich komm mit der Drogenfahndung.«

19.

Eigentlich hätte sich Alexej in Deutschland wohl fühlen müssen. Er liebte die deutsche Sprache, und er liebte Thomas Mann. Aber mit dem hatte das Deutschland im Jahr 2000 nun rein gar nichts zu tun. Keiner beherrschte mehr die deutsche Sprache so wie Thomas Mann. Vielleicht war er naiv gewesen, aber Deutschland war einfach eine Enttäuschung. Solange er in Deutschland war, bemühte er sich, auch in Deutsch zu denken. Das half ihm bei Aufenthalten in Ländern, deren Sprache er beherrschte, immer sehr. Wenn man aber in einer Sprache denkt, fällt einem ihr falscher Gebrauch durch die Einheimischen natürlich noch unangenehmer auf. In Angola und Afghanistan war das anders gewesen. Da hatte er nichts anderes als Primitivität erwartet. Primitivität gekoppelt mit Fanatismus, oder schlimmer noch, mit Religion. Aber ihre Götter hatten ihnen nicht geholfen, wenn Alexej sie verhört hatte. Sie konnten so laut schreien, wie sie wollten, ihre Götter wollten ihnen leider nicht ihr geneigtes Ohr leihen. Vom Verhören verstand er wirklich etwas. Und das war im Geschäftsleben von Moskau sehr viel mehr wert als ein Harvard-Abschluß. Wenn es um *Rasborka*, das Eintreiben säumiger Schulden, ging, waren Leute mit einer Ausbildung an der Militärakademie und Auslandserfahrung einfach unschlagbar.

»Noch größer jing et wohl nit«, sagte die Kassiererin im Kaiser's Supermarkt, als Alexej ihr einen Fünfhundertmarkschein für die Stange Marlboro hinlegte. Den Düsseldorfer Dialekt verstand Alexej zwar intuitiv, mit dem aggressiven Humor und der Ironie dieser Leute konnte er allerdings wenig anfangen. Und er wußte auch keine passende Antwort darauf.

*

Die Kassiererin konzentrierte sich auf die Ware und auf den Scanner, der den Preis der Ware ablas. Sie erwartete nicht, daß der Besitzer des Fünfhunderters ihr eine Antwort gab, während sie die Banknote in ein Prüfgerät hielt. Aber sie nutzte die Zeit der Prüfung, um kurz einen Blick auf ihn zu werfen. Er sah aus wie Dieter Bohlen, nur irgendwie größer und breiter. Er war bestimmt zwei Meter groß und hatte Hände wie Teller. So was hatte sie noch nie gesehen. Höchstens mal in diesem James-Bond-Film, wo es so einen riesigen Kerl gegeben hatte, aber der hatte irgendwie so komische Zähne aus Metall oder Eisen gehabt und der hatte auch nicht ausgesehen wie Dieter Bohlen.

Der Fünfhunderter war in Ordnung, und sie legte das Wechselgeld aufs Laufband. Der Riese legte eine seiner Tellerhände über das Geld, krumpelte alles mit der Hand zusammen und steckte es in die Hosentasche. So ging man doch nicht mit fast fünfhundert Mark um! Da mußte man es schon ziemlich dicke haben. Wahrscheinlich war das einer von den Russen, die jetzt hier lebten. Da gab es ja schon diverse Gerüchte, daß die Geld wuschen, indem sie genau wie der Typ hier irgendeine Kleinigkeit mit großen Banknoten kauften. Aber was ging das sie an. Die taten ihr schließlich nichts. Und ihr Opa hatte ihr außerdem immer erzählt, daß die Russen und die Deutschen sich ziemlich ähnlich wären. Von der Seele her. Aber der Opa war auch meistens betrunken gewesen, wenn er so was sagte. Er hatte tatsächlich mal behauptet, daß die Russen Hunde dressiert hätten, mit Dynamit unter die deutschen Panzer zu laufen in Stalingrad oder wo der gewesen war, und die wären dann in die Luft geflogen. Als würde jemand so was machen.

»Und ein Feuerzeug brauche ich noch, das habe ich vergessen, entchuldigen Sie bitte«, sagte der Russe jetzt. Die konnten kein »sch« aussprechen, daran konnte man sie erkennen. Von den Russen hier in Einbrungen konnte keiner »sch« aussprechen, und alle rauchten Marlboro.

Sie legte ihm ein blaues Bic auf das Laufband und tippte den Preis ein. »Zwei achtzig bitte.«

*

Einbrungen erinnerte Alexej ein bißchen an den Außenbezirk von St. Petersburg, in dem er aufgewachsen war. Zumindest die paar Wohnblocks zur Straße hin. Auf vielen Balkonen hing Wäsche zum Trocknen, und trotzdem wirkte alles immer menschenleer. Es war diese gut gemeinte Architektur, die unweigerlich für Anonymität sorgte. Gut gemeint im Sinne von Lichtenberg, der gesagt hatte, gut gemeint sei die Steigerung von schlecht. Es gab auch eine Art von Zweiklassengesellschaft in Einbrungen. Da war auf der einen Seite diese Ansammlung von Reihenhäusern mit winzigen Gartengrundstücken, in denen die Bessergestellten wohnten, die sich übertrieben hohe Mieten leisten konnten oder sich übertrieben hohe Verschuldungen zumuteten, und auf der anderen Seite die Sozialwohnungen für die Unterklasse. Er hatte ausreichend Dokumente vorgelegt, die ihn als Deutschrussen auswiesen und es ihm ermöglichten, hier auf Dauer zu leben und eine offizielle finanzielle Unterstützung zu beziehen. Da er nie Fremde in seine Wohnung ließ, konnte er es sich leisten, genauso zu leben, wie er es in Moskau getan hatte. Hinter seiner Wohnungstür und hinter der zusätzlich auf eigene Kosten und ohne Wissen des Vermieters angebrachten Stahltür befand sich das Ambiente, das er auch in den letzten Jahren in Moskau gehabt hatte. Designermöbel, eine riesige Sony-Anlage mit DVD-Player, Dolby-Surround und extrem großem Bildschirm und ein Waffenarsenal, mit dem er für geraume Zeit einen kleinen Guerillakrieg führen könnte.

Er holte eine Packung aus der Stange und verstaute den Rest im Küchenschrank. Dann schenkte er sich ein Glas Maltwhisky mit Cola ein und legte die siebte Symphonie von Mahler auf. Als er beim zweiten Glas und der achten Zigarette war, klingelte Vadim. Er brauchte für die Treppen bis zur dritten Etage eine Ewigkeit und keuchte entsetzlich dabei. Alexej wunderte sich manchmal über sich selbst, wie er es schaffte, sechzig Zigaretten am Tag zu rauchen. Aber Vadim brachte es auf achtzig, manchmal sogar auf hundert. Vom Alkohol ganz zu schweigen. Er war Anfang dreißig und sah aus wie fünfzig. Aber er sah auch aus wie Honoré de Balzac, und deshalb fühlte sich Alexej irgendwie zu ihm hingezogen, auch wenn er Vadim eigentlich ziemlich oberflächlich fand.

»Kennst du den?« fragte Vadim, als er auf dem Sofa saß und wieder so viel Luft bekam, daß er sich eine Zigarette anzünden konnte. »Was ist das schnellste Tier der Welt?«

»Der Gepard?«

»Quatsch! Das schnellste Tier der Welt ist ein Tschetschene in einem BMW!« Vadim zeigte mit einem nikotingelben Finger auf Alexej und lachte, und sein Lachen ging prompt in einen Hustenanfall über. Alexej mußte auch lachen. Normalerweise waren Vadims Witze ziemlich dumm, aber Tschetschenenwitze mochte er genauso sehr, wie er die Tschetschenen haßte mit ihrer sprichwörtlichen Vorliebe für BMWs. Dieser Verrückte, Dzhokhar Dudayev, war sogar mit einem Konvoi aus Panzern und BMWs gegen die moskaufreundlichen Truppen vorgegangen. Einfach geschmacklos.

Er klopfte Vadim auf den Rücken, was dem tatsächlich etwas Erleichterung verschaffte.

»Was hast du über unseren Mann herausbekommen?« fragte Alexej.

»Er hat jetzt drei Bodyguards. Keine wirklich guten, glaube ich. Sie kommen von einem zweitklassigen Security-Unternehmen. Sämtlich Amateure, die noch nie unter Feuer waren. Aber trotzdem. Der Zugriff wird natürlich jetzt schwieriger.«

»Das brauchst du mir nicht zu sagen.«

»Jetzt sei mal nicht beleidigt«, lachte Vadim. »Wenn dein kleiner Bruder nicht Mist gebaut hätte, dann wäre der Typ erst gar nicht auf so eine Idee gekommen. Eine Schießerei in der Kö-Galerie, also wirklich ...«

»Ist ja schon gut. Mein Bruder hat den Job vermasselt, ich weiß. Aber er ist längst wieder in Moskau, und um seinen Partner, der die beiden Männer getötet hat, hat sich jemand gekümmert. Was hast du über die Finanzen unseres Mannes erfahren?«

»Offiziell besitzt er gar nichts. Die Wohnung gehört einem Bekannten, der aber im Ausland lebt. Ansonsten wissen wir immer noch nicht, wo das Geld geblieben ist.«

»Weiches Ziel, dieser Bekannte?«

»Ich glaube nicht, daß ihm sein Tod nahegehen würde.«

»Vielleicht nicht persönlich. Aber möglicherweise würde das seinen finanziellen Nachschub unterbinden.«

»Nein. Das Geld kommt aus einer anderen Quelle. Aber wir wissen nicht, woher.«

»Das kann doch nicht so schwer sein. Irgend jemand muß ihn mit Bargeld versorgen. Du mußt doch wissen, mit wem er Kontakt hat.«

»Natürlich weiß ich das. Aber keiner, mit dem er Kontakt hat, kommt dafür in Frage.«

»Wer sind die Kontakte? Das würde ich gern selbst beurteilen.«

»Die Bodyguards, die ständig bei ihm sind. Das ist alles. Er verläßt die Wohnung nie. Gelegentlich kommt ein Pizzataxi. Die Bodyguards kaufen alles für ihn ein. Es sind immer drei Leute. Einer unten auf der Straße und zwei in der Wohnung. Sie werden alle zwölf Stunden ausgewechselt. Drei Teams. Und er kennt sie alle persönlich. Ein Austausch im Krankheitsfall oder so würde ihm rechtzeitig telefonisch mitgeteilt.«

»So amateurhaft, wie du behauptest, klingt das nicht. Was ist mit Telefon?«

»Keine Chance. Er hat einen Verzerrer eingebaut, den wir nicht knacken können. Wir haben es mit einem Richtmikrophon versucht, aber das geht nur vom Dach des Parkhauses gegenüber, und das ist auf Dauer zu auffällig.«

»Ich muß da rein.«

»Das ist nicht möglich.«

»Drei Bodyguards. Das ist möglich. Und wenn ich mit ihm geredet habe, wird es ihm ein Vergnügen sein, uns das Geld zu geben.«

»Es darf keine Toten mehr geben, Alexej, Aufmerksamkeit dieser Art kannst du jetzt wirklich nicht gebrauchen. Denk an deine Zukunft.«

»Zerbrich dir nicht meinen Kopf, Vadim.«

»Immerhin hat unser Klient den Auftrag deshalb zurückgezogen.«

»Was mir gleichgültig ist, Vadim. Ich erfülle den Auftrag trotzdem. Und wenn er damit nicht einverstanden ist, behalten wir eben das ganze Geld. Wer uns einen Auftrag gibt, kann ihn nicht mehr zurückziehen. Das wird man sich hier merken müssen.«

»Ich weiß, Alexej, aber Düsseldorf ist nicht Moskau. Es darf keine –«

»Ja, verdammt, es darf keine Toten mehr geben, ich weiß.«

»Aber wie willst du drei Bodyguards ausschalten?«

»Es ist schwierig, und das Risiko ist höher, aber es geht.«

»Alexej, wie lange kenne ich dich jetzt schon? Fünfzehn Jahre? Noch niemand, der sich dir in den Weg gestellt hat, hat das überlebt. Wir sollten lieber abwarten, auch wenn dir das schwerfällt.«

»Ich habe Warten gelernt, Vadim. Krieg besteht zum größten Teil aus Warten.«

»Um so besser. Irgendwann wird er schon herauskommen.«

»Wir können draußen aber nicht an ihn heran, Vadim. Versteh das doch. Und deshalb hat Warten auch keinen Zweck. Ich muß zu ihm rein. Und zwar so schnell wie möglich.«

20.

»Das ist megageil«, sagte John, nachdem er die CD zweimal gehört hatte. »Klingt total echt. Was wollen die denn dafür haben?«

»Geht aufs Haus«, sagte Gloria. »Der Sprecher war froh, daß ich ihn nicht gefeuert habe wegen seinem beschissenen Timing. Und das mit den Geräuschen war auch kein Problem. Ich mach so viel in dem Tonstudio, das sind die mir schuldig.«

»Du bist unbezahlbar, Schatz.«

John ging zum Kühlschrank und holte eine Flasche Veuve Cliquot raus. »Darauf trinken wir einen, das hast du verdient.«

»Der unbezahlbare Schatz hat was verdient?«

»Na komm, jetzt leg mal nicht wieder jedes Wort auf die Goldwaage.«

Gloria lachte. John überlegte kurz, ob er den Schampus nicht einfach wieder in den Kühlschrank stellen sollte. Aber er wollte keinen Streit. Dafür sah Gloria heute zu scharf aus. Er wollte den Schampus mit ihr trinken, und dann wollte er mit ihr ins Bett. »Ich kann machen, was ich will, ich weiß, jedes zweite Wort, was ich sage, hat irgendwie mit Geld zu tun. Muß mein Job sein. Sorry, Schatz.«

John öffnete die Flasche und goß zwei Gläser ein. »Hier. Auf deinen Zinsrutscher-Spot. Die wievielte Version war es heute? Die zweihundertsiebenundachtzigste?«

Genau. Jetzt noch mal beweisen, daß er sich sehr wohl für ihren Job interessierte und zuhören konnte und auch nichts vergaß, was sie ihm erzählte.

Gloria trank ihr Glas in einem Zug aus und hielt es John wieder hin. »Das ist genau das, was ich jetzt gebraucht habe.«

Das ist nicht alles, was du brauchst, Baby, dachte John, während er ihr Glas wieder auffüllte. Jetzt noch ein bißchen Schnee draufrieseln lassen, und dann ab in die Kiste.

»Mein Tag war auch nicht besonders. Zehn Interessenten und kein einziger Abschluß. Die Vermieter sind einfach zu gierig geworden. Ich meine, achtundzwanzig Mark pro Quadratmeter, das zahlen doch nur noch Japaner. Und die wollen sie nicht, weil sie Vorurteile haben.« Er trank sein Glas aus und zog dann zwei großzügige Lines auf der Küchentheke. »Bestes bolivianisches Marschierpulver. Keks hat ein bißchen frische Ware gebracht.«

Gloria zog sich ihre Line ohne Zögern rein. Ein gutes Zeichen, ein absolut gutes Zeichen. Das Tolle am Koks war der Moment, in dem John sein Hirn spüren konnte, wenn es auf einmal eiskalt in seinem Schädel lag. So eiskalt, daß es förmlich brannte. Dann, und nur dann, war es guter Stoff. Und das hier war allererste Sahne. Er spürte den Analytiker in sich, der jede Situation in ihre Einzelteile sezieren konnte, der glasklar Vor- und Nachteile herausarbeitete und zu ungewöhnlichen Schlußfolgerungen gelangte. Genau in diesem genialen Zustand hatte er seinen Plan ausgearbeitet, einen Plan, der einfach brillant war, weil er brillant einfach war.

»Was würdest du von einem Urlaub auf den Malediven halten?« fragte er. »So drei, vier Wochen?«

»No way. Kann ich mir nicht leisten.«

»Du bist natürlich eingeladen. Ich hab da eine sehr, sehr große Sache laufen, top-secret, aber wenn das klappt, und das wird klappen, dann schwimme ich im Geld, Baby, und dann ist für lange Zeit erst mal das ganz große Relaxen angesagt. Kein Streß mehr mit diesen scheiß Objekten, einfach nur in der Sonne liegen und den lieben Gott 'nen guten Mann sein lassen.«

Gloria zündete sich mit dem Feuerzeug in der Linken eine Zigarette an und hielt John mit der Rechten ihr schon wieder leeres Champagnerglas hin. »Erzähl mir mehr davon. Das ist genau das, was ich jetzt brauche.«

»Ich weiß, Baby, ich weiß, du sagtest es schon.« Er goß ihr das Glas fast randvoll. »Hau weg das Zeug!«

»Ich muß dir was gestehen«, sagte Gloria.

»Erzähl mir alles, Baby.«

»So ein starkes Gefühl habe ich noch nie gehabt. Und es wird von Tag zu Tag stärker. Du bist einfach ...«

»Wow!«

»Du bist einfach ein unglaubliches Arschloch, John. Ich halt das nicht mehr aus.«

Sie saßen sich auf Barhockern gegenüber, zwischen ihnen die Küchentheke. John konnte im Sitzen bequem hinter sich greifen, den Kühlschrank öffnen und die Schampusflasche herausholen. Er schenkte sich noch ein Glas ein und stellte die Flasche wieder in den Kühlschrank zurück. Die ganze Zeit ließ er dabei Gloria nicht aus den Augen, die ihn maskenhaft höhnisch angrinste. Er schloß die Kühlschranktür.

»Du ziehst morgen hier aus, du blöde Kuh«, sagte John.

»Das dauert mir entschieden zu lang«, sagte Gloria, ging ins Schlafzimmer und knallte die Tür hinter sich zu. Die Geräusche waren unverkennbar. Sie packte die beiden Koffer, mit denen sie hier eingezogen war.

21.

Tim war noch keine fünf Minuten in der Wohnung, als sich der Schlüssel im Schloß drehte und Angelika nach Hause kam. Sie hatte ihren Bruder dabei und war blendender Laune. Peter war achtundzwanzig, sah aber aus wie achtzehn und würde wahrscheinlich auch mit vierzig noch so aussehen. Vielleicht lag das daran, daß er grundsätzlich von Kopf bis Fuß nur Nike-Klamotten trug. Oder an dieser idiotischen Woody-Allen-Brille. Aber Peter konnte das sowieso egal sein. Er konnte tragen, was er wollte. Er war einer der Stars der New Economy. Gründer und Chef, oder wie man heute lieber sagte, Founder und CEO einer heißen Dotcom-Company, die kurz vor dem I.P.O. stand. Letzteres hieß, daß Peter mit seiner Internetbude bald an die Börse gehen und zumindest auf dem Papier in Kürze Millionär sein würde. Angelika war nicht nur gut gelaunt, wie Tim jetzt merkte, so wie sie lachte, war sie sogar leicht beschickert. Ihm fiel ein, daß heute der erste Mittwoch im Monat war. Pünktlich wie ein Uhrwerk führte Peter seine Schwester an jedem ersten Mittwoch im Monat groß aus und spielte den Mann von Welt. Weder Peter noch Angelika waren je auf die Idee gekommen, ihn mitzunehmen. Im Gegenteil. Das war der große GESCHWISTER-Tag, nur für die beiden ganz allein.

»Ach, ich hatte ganz vergessen, es dir zu sagen, heute war doch wieder unser Fresserchen-Tag«, sagte Angelika.

Für das Wort Fresserchen-Tag hätte er sie schlagen können.

»Hast du echt was verpaßt«, sagte Peter. »Du mußt unbedingt mal in den ›Aalschocker‹. Die Küche ist praktisch genauso gut wie die im ›Schiffchen‹, und das ist ja immerhin ein Drei-Sterne-Restaurant, aber im ›Aalschocker‹ hast du ein völlig anderes Preis-Leistungs-Verhältnis. Na ja, wie ich höre, hast du einen neuen Kunden, da kannst du Angelika ja sicher auch bald mal einladen.«

Er grinste Angelika an, die mit einer Flasche Prosecco und drei Gläsern ins Wohnzimmer kam.

»Kleines Absackerchen. Gieß uns doch mal ein, Timmilein.«

»Zumindest dann, wenn das einer ist, der zur Abwechslung mal zahlt, nicht wahr?«

Angelika stieß vor Lachen ein Glas vom Tisch, das zum Glück noch nicht gefüllt war und auf dem Teppichboden auch nicht zerbrach.

»Er hat gesagt, daß er Timmies Anzeige in der ›Zeit‹ gelesen hat. Dabei sah der wirklich nicht aus wie jemand, der überhaupt lesen kann!«

Angelika hob das Glas auf und goß dann alle drei Gläser voll.

»Liebes Prösterchen, ihr zwei. Ja was, wollen wir nicht anstoßen auf Timmies Erfolg?«

Sie goß sich den Prosecco in einem Zug hinter die Binde. Peter nippte an seinem Glas.

»Als der hier reinkam, Timmies neuer Kunde, da dachte ich zuerst, daß wäre Jörg Immendorff, der sah genau so aus. Das Gesicht, die Kleidung, dieser übertriebene Zuhälterschmuck. Aber er ist natürlich nicht Jörg Immendorf. Und auch kein Zuhälter. Nur ein ganz normaler Geldeintreiber.« Sie lachte leicht hysterisch.

»Deine Schwester macht sich Sorgen um dich«, sagte Peter. »Und ich mache mir Sorgen um meine Schwester. Ich kann es nicht akzeptieren, daß Halbwelttypen in der Wohnung von Angelika auftauchen, die Geschäfte mit dir machen wollen. Wie tief willst du eigentlich noch sinken? Schreibst du jetzt Biographien für Kriminelle oder was?«

»Ich denke, das ist eine Sache zwischen Angelika und mir«, sagte Tim.

»Nicht ganz, Allerwertester. Diese Wohnung, in der du mit meiner Schwester lebst, ich will nicht darauf herumreiten, aber so ist es nun mal leider, gehört mir. Angelika und ich haben eine Sondermiete vereinbart, was okay ist, aber Sonderrechte beinhaltet das nicht. Ich kann nicht dulden, daß in meinem Haus irgendwelche Typen aus dem Milieu verkehren. Das ist inakzeptabel, Tim. Das macht einen schlechten Eindruck auf die anderen Mieter. Das macht meiner Schwester Angst. Das macht mir Sorgen. Angelika und ich finden, daß jetzt langsam der Gipfel erreicht ist. Wir verstehen ja deine Situation und deine Verzweiflung. Aber irgendwo ist auch mal Schluß. Als Geschäftsmann kann ich dir nur sagen, daß du mit deinem Unternehmen gescheitert bist. Du bist am Ende, Tim. Wirklich, let's face it, you've hit bottom, man.«

»So was muß ich mir nicht anhören«, sagte Tim.

»Doch, ich glaube schon«, sagte Peter und nahm jetzt doch einen Schluck Prosecco. »Wir müssen reden. Wir müssen darüber reden, wie das weitergehen soll. Angelika liebt dich und alles, das weiß ich, aber sie hat auch ein Recht auf Sicherheit. Und das sehe ich bei dir überhaupt nicht. Im Gegenteil. Du bist von Angelika finanziell abhängig.«

»Das ist eine Sache zwischen Angelika und mir. Halt dich da raus.«

»Nichts lieber als das. Aber im Moment besteht leider Handlungsbedarf. Angelika kann nicht mehr.«

»Wieso sagt sie mir das nicht selbst?«

Wie um eine Antwort zu geben, fing Angelika an, konvulsiv zu zucken und zu heulen. Tim schlug die Hände vors Gesicht. Das hier war jetzt wirklich das letzte, was er brauchen konnte. Als er die Hände wieder herunternahm, hatte sich Peter neben Angelika gesetzt, legte einen Arm um sie und strich ihr unbeholfen mit der Hand über den Kopf.

»Du bist echt brutal, Tim. Siehst du nicht, wie sie leidet?«

Angelika goß sich noch einen Prosecco ein. Peter sah sie leicht tadelnd an, enthielt sich aber eines Kommentars. Tim seufzte. Angelika sah tatsächlich bemitleidenswert aus. Irgendwie tat sie ihm ja auch leid. Sie hatte bestimmte Vorstellungen gehabt, Hoffnungen in ihn gesetzt und sich eine gemeinsame Zukunft ausgemalt, die niemals eingetreten war. Für sie war das Leben kein langer ruhiger Fluß, sondern eine nicht enden wollende Kette von Enttäuschungen. Aber war sie daran nicht auch selbst schuld? Er hatte ihr nie irgend etwas versprochen.

»Wie auch immer«, sagte Peter. »Wir, also Angelika und

ich, haben uns überlegt, daß es nur eine Chance für euch gibt. Sicherheit und Kontinuität. Und Sicherheit und Kontinuität bekommt man nur durch ein regelmäßiges Einkommen. Also, laß mich ehrlich sein. Meine Company ist im Moment ganz oben, und die besten Leute reißen sich darum, bei mir einzusteigen. Ich kann sie mir aussuchen, Tim. Die Besten. Einfach so. Und trotzdem bin ich bereit, dir eine Chance zu geben und dich als Content-Manager einzustellen. Denn da liegt ganz eindeutig deine Stärke.«

»Danke für das Lob, aber ich weiß nicht, was ein Content-Manager ist.«

»Na ja, Content steht für Inhalt. Du machst die Konzepte dafür, was für Inhalte unsere Websites haben. In so was bist du doch gut. Nachdenken, rumphilosophieren, Sachen ausprobieren. Solche Leute brauchen wir im Moment. Leute, die wissen, wo's langgeht, was die neuesten Trends sind und was nicht.«

»Ich bin mir nicht so sicher, ob mich so was interessiert.«

»Darum geht es nicht, Tim. Ich zahle dir siebentausend brutto im Monat. Das ist 'ne Menge Geld. Genug, um Angelika Sicherheit und dir Selbstachtung zu verschaffen.«

»Ich lasse mich nicht kaufen.«

»Er läßt sich nicht kaufen. Aber du ziehst ihn doch schon seit geraumer Zeit mit durch, Angelika, oder?«

»Sein Fresserchen bekommt er bei mir, das kann er nicht abstreiten«, sagte sie und kicherte danach blöde. Tim schämte sich für sie. Sie war ja nicht immer so gewesen. Irgendwann war da mal was gewesen zwischen ihnen. Obwohl er es nicht so richtig in Worte fassen konnte.

»Also wie auch immer«, sagte Peter. »Der Vertrag ist morgen mittag fertig, und ich fände es schön, wenn wir dann zusammen 'ne Nudel essen gehen, die Einzelheiten noch mal durchgehen und du dann unterschreibst.«

»Und wenn nicht?«

»Wenn nicht«, sagte Angelika und wirkte jetzt auf einmal total nüchtern, »wenn nicht, dann kannst du morgen hier ausziehen.«

Tim sah die Geschwister abwechselnd an. Sie lauerten ihn hinter den Glasbausteinen ihrer dicken Brillen mit enggeschlitzten Augen an. Jetzt war es an Tim, sein Prosecco-Glas mit einem Schluck runterzustürzen. Hey, er hatte ein Handgranatenattentat überlebt. Er war in einen Deal verwickelt, bei dem es um die Wiederbeschaffung von zwei Millionen Mark ging. Und *er* sollte sich von diesen Idioten sagen lassen, was Sache war?

»Was du heute kannst besorgen, das verschiebe nicht auf morgen«, sagte Tim. »Das Sprichwort kennt ihr Geschwisterarschgeigen doch sicher?«

22.

Ela rauchte und sah hin und wieder in die Glotze, in der »tv total« lief, während sie Kevin zuhörte.

»Und dann sacht der zu mir, das ist überhaupt kein Thema, Kevin, sacht der, da gründen Sie doch einfach eine Gehembeha. Ich natürlich, wie Gehembeha? Sacht er, das ist 'ne Firma, 'ne Gehembeha, die müssen Sie eintragen lassen im Handelsregister. Mit fünfzigtausend Mark Eigenkapital offiziell, aber nur fünftausend wirklich, das kriegt der hin. Und dann haste praktisch 'ne Firma.«

Stefan Raab drückte gerade auf ein Klingelschild, auf dem »W. Fick« stand. Warum beantragte so jemand nicht einfach einen anderen Namen?

»Ja gut, hab ich ‘ne Firma. Aber ich brauch ja auch ‘n Büro und so. Gibbet ja auch nich umsonst. Sacht der Neuenhofer, da machen Sie sich keine Sorgen, Kevin, sachter, da investiere ich. Sekuritikampenies haben Zukunft. Hunderttausend Mark Wentscherkapital, kein Thema. Mensch, Ela, mußte dir vorstellen, vor einem Jahr hab ich noch für die scheiß Rheinbahn die Penner und Fixer aus der U-Bahn gescheucht und dann die große Chance beim Jürgen, mit Nahkampfausbildung, alles bezahlt, und Mann, in zwei Wochen bin ich mein eigener Chef, ey.«

Auf Vox lief »Ally McBeal«. Die Frauen waren alle so unglaublich dünn. Wie machten die das bloß? Die konnten doch höchstens tausend Kalorien am Tag verbrauchen.

»Also ich hab mir überlegt, so leid mir das auch tut, ich mein, der Jürgen mit der Ausbildung und so, der hat ja schon viel für mich getan, aber ich hab auch viel für ihn getan, das muß man ja mal sehen, und dann, ich meine, der hat das genauso gemacht, als er sich selbständig gemacht hat mit seiner Kampenie. Also, ich werd auf jeden Fall zwei Leute abwerben. Den Yücsel und den Raimund. Eigentlich mag ich den Yücsel nicht besonders, jähzornig wie der ist, aber im Job ist der eigentlich ein guter Mann, und Raimund sowieso. Und Raimund ist auch noch unheimlich gut mit Technik. Und Empfangsdame hab ich gedacht, könnst du doch machen. So viel wie bei Chris kriegste bei mir auch. Und muße nich mehr den ganzen Tag stehen. Im Gegenteil. Kannst dich zwischendurch sogar mal auf die Sonne legen. Ich mach nämlich auf jeden Fall ‘n Kraftraum und ‘ne Sonnenbank rein in die Kampenie. Motivation für die Jungs, ist doch geil, oder?«

Ela nickte und zündete sich eine neue West Light an. »Bei Chris krieg ich zweifünf, aber da mußte auch noch Trinkgeld drauflegen.«

»Wirst schon zufrieden sein. Oder gibt der Chris dir ‘n Firmenwagen? Guckse, was? Wir leasen vier Fahrzeuge, hab ich schon alles im Unternehmensplan, eins davon für dich. Leasen ist cleverer, sagt der Neuenhofer. Bindeste kein Kapital mit. Und wenn du Fahrzeuge nimmst, die ein Jahr alt sind, kriegste die ganz billig.«

Auf Kabel 1 lief »Cleopatra« mit Liz Taylor und Richard Burton. Scheiße, die hatte sich gerade vergiftet. Mußte um acht angefangen haben. Hätte sie doch bloß in der blöden Fernsehzeitung richtig nachgeguckt. Kabel 1 stand immer ganz weit hinten, und jetzt hatte sie nur zufällig reingezappt.

»Mußte mal überlegen, Opel Astra Kombi, kriegste für zweihundertneunundneunzig im Monat. Und der Opel Corsa für dich, schlappe hundertneunundsechzig. Der ganze Fuhrpark für elfhundert Mark. Ohne Versicherung, klar, aber trotzdem, ne? Kommt mich der Fuhrpark günstiger als der Kraftraum. Obwohl, da red ich auch noch mal mit der Karin. Die kriegt jetzt alles neu im Center. Karin selbst wollte ja nicht, aber weißte ja, wie der Tajfun ist. Alles immer nur vom Feinsten. Wenn de mich fragst, haben die sich völlig übernommen. Weiß ich nich, wie die dat wieder reinkriegen wollen. Über 'ne halbe Mio haben die da reingesteckt. Und dann machen die jetzt bald auch noch Kinowerbung. Total abgefahren. Der Tajfun wollte echt Chuck Norris dafür haben. Hatte 'ne eigene Idee für den Spot. Kriegt so 'n dünner Hering Prügel von zwei Typen, und dann geht er nach Karin und Tajfun in die Muckibude, und dann kommt er als Chuck Norris wieder raus und haut denen auf die Fresse. Hat er seine Agentur bei Chuck Norris anfragen lassen, aber kannste gar nich bezahlen. Mußten se dann 'n Duhbel nehmen, sieht dem Chuck Norris ziemlich ähnlich. Aber nimmt nur fünfhundert Mark. Nur, Problem ist, der Duhbel ist vielleicht weg vom Fenster, bevor die drehen. Hat nämlich nächste Woche 'n Gerichtstermin, und wenn er Pech hat, geht er in die Kanne für 'n Jahr. Mußte dir vorstellen, macht der ‘n Wettrennen mit sonnem anderen Idioten, die nageln durch die Stadt, ja, und der Duhbel fährt ‘ne Oma zu Schrott. Liegt im Koma. Mußte dir wegtun. Das war morgens um zwei Uhr! Ich meine, wat hat ‘ne alte Frau morgens um zwei Uhr auf der Straße verloren? Kann doch nicht ganz dicht sein, wennde mich fragst. Jedenfalls, ein Jahr im Knast, wenn er Pech hat. Und vor allem, sagt Tajfun, drei Jahre den Lappen weg.«

Im WDR lief ein »Tatort«, aber das war so ein scheißlangweiliger Ossi-Tatort, da konnte sie auch gleich ins Bett gehen.

»Ich finde, wir sollten endlich mal Premiere anschaffen, meinste nich auch? Allein wegen deinem Fussi lohnt sich das doch. Und wenn de selbständig bist, kannste das doch auch bestimmt absetzen. Der Chris macht das jedenfalls.«

»Kein Thema, frag ich den Neuenhofer. So wat weiß der. Jedenfalls, der Tajfun und die Karin, die haben doch jetzt noch die alten Kraftmaschinen an der Hacke, da sind die doch froh, wenn ich ihnen ‘n paar davon abnehme. Die kann man sogar abschreiben!«

In der »Kerner-Show« saß Katarina Witt. Nur Ossis, überall Ossis. Und was die hier auch noch für Kohle machten. Sogar in Amerika. Ela langte nach den Pistazien, zündete sich dann aber doch lieber eine neue Zigarette an. Nichts wie Fett, das Zeug. Und wenn sie einmal damit anfing, konnte sie nicht mehr aufhören.

»Jedenfalls, sobald der Neuenhofer Zeit hat, macht der mir alles fertig für das Handelsregister und den Vertrag für sein Ventscherkapital, und dann geht das los. Zum Chris gehste dann einfach nicht mehr hin, da brauchste nicht zu kündigen, das regel ich schon mit dem.«

»Neuenhofer heißt der?«

»Sag ich doch die ganze Zeit.«

»Unternehmensberater?«

»Meine Rede. Unternehmensberater. Meinste, was der drauf-hat. Der kennt alle Tricks. Wennde den als Partner hast, da kann nix mehr schiefgehen.«

»Glaubst du aber auch nur.«

»Sag mal, was paßt dir eigentlich nicht? Gönnste mir dat nich oder was? Da profitierste doch auch von. Oder willste dein Leben lang innem scheiß Friseursalon arbeiten, der nich mal dir gehört, sondern 'ner verdammten Schwuchtel?«

»Nee.«

»Na also.«

»Nee, aber weißt du das denn nicht?«

»Ja wat denn jetzt?«

»War doch vor kurzem ein Bericht in ›Explosiv‹ über diesen Neuenhofer. Der soll Leute um Millionen betrogen haben. Ist ihm aber nicht nachzuweisen. Und offiziell ist er pleite, verstehste? Offenbarungseid. Warum will der dir wohl Geld geben? Der will dat doch waschen, verstehste, Mensch?«

»Sag mal, kannste nicht endlich mal die Glotze ausmachen oder was?«

Kevin fischte sich eine Zigarette aus Elas West-Packung und schaltete mit der Fernbedienung den Fernseher aus. Er zündete sich die Zigarette an und starrte gegen die Wand.

»Kevin, der ist doch nicht sauber, verstehste?«

»Aber wenn der mir dat Geld gibt, das ist die Chance, Ela. Ist mir doch egal, wo dat herkommt. Was ich nicht weiß, macht mich nicht heiß.«

»Der hat doch viel mehr als dein Ventscher-Kapital, Kevin. Wat meinste denn, warum der Bodyguards braucht? Hat der Jürgen dir nicht gesagt, warum?«

»Hab ich nicht gefragt. Das sagt der sowieso nie.«

»Aber ist doch klar, warum. Der hat Angst. Guck mal, der hat Leute um Millionen betrogen. Und wenn die legal nix machen können, meinste nich, die versuchen auf andere Art, an den ranzukommen? Deshalb braucht der Personenschutz, ist doch klar.«

»So klar ist dat auch wieder nicht. Er will jedenfalls nur noch mit mir zusammenarbeiten. Er muß weg, und ich soll ihn begleiten.«

»Kevin, paß auf, wat du machst. Das ist gefährlich. Vielleicht will der an sein Geld, und du sollst ihn beschützen, falls ihm das einer wegnehmen will.«

»Na und? Ist doch mein Job. Hauptsache, der investiert in meine Kampenie.«

»Hunderttausend, sachste.«

»Hunderttausend. Wat guckste so komisch?«

»Der hat aber 'n paar Millionen, Kevin.«

»Mag ja sein, aber die wird er mir wohl kaum geben, wat? Hunderttausend Ventscherkapital in meine Kampenie ist ja wohl schon der Hammer.«

»Der muß dir seine Millionen nicht geben, Kevin. Du kannst sie dir einfach nehmen.«

»Sag mal, haste wat getrunken, Ela?«

»Erzähl doch nicht so 'n Scheiß. Kapierste nich? Der Typ hat doch die Millionen offiziell gar nicht. Also kann sie ihm auch keiner offiziell wegnehmen, oder?«

»Offiziell, offiziell ...«

»Mensch, Kevin. Wat ich meine, wenn du ihm die ganze Kohle wegnimmst, kann der überhaupt nix machen. Weder der noch die Bullen, verstehste? Deine Kampenie, klar, super Chance. Aber wenn du dat richtig anfängst, kannst du Millionär werden.«

Kevin drückte seine Zigarette aus und sah Ela dabei in die Augen.

»Und wie soll dat gehen?«

23.

Tim ärgerte sich über sich selbst. Er hätte genauso gut einfach in sein Arbeitszimmer gehen und die Tür hinter sich zuknallen können. Hätte er bloß damals seine Studentenbude behalten. Aber Angelika hatte ihn so bekniet, daß er nicht mehr nein sagen konnte.

Er kannte zwar ein paar Leute in Düsseldorf, bei denen er wahrscheinlich übernachten konnte, aber dann mußte er auch irgendwas erzählen, und darauf hatte er keinen Bock. Er hatte kurz mit dem Gedanken gespielt, Charly anzurufen und zu fragen, ob er bei ihm übernachten konnte, aber dann verstand er sich selbst nicht mehr. Auf keinen Fall. Und ob er ihn wirklich bei der Jagd nach den zwei Millionen begleiten wollte, stand für ihn im Moment auch noch nicht fest. Tim schob seine Scheckkarte in den Check-In-Automaten und gab die Geheimnummer an. Der Automat spuckte eine Rechnung über siebenundsechzig Mark aus, auf der seine Zimmernummer und der Tür-Code angegeben waren. Zum Glück war ihm der Zeitungsartikel über die billigen Etap-Hotels wieder eingefallen, und ein Blick ins Telefonbuch hatte ihm gezeigt, daß es in Düsseldorf gleich zwei davon gab, eins am südlichen und eins am nördlichen Stadtrand. Er hatte das im Norden ausgesucht. Sie verzichteten da weitgehend auf Personal und sonstige Annehmlichkeiten, waren dafür aber auch extrem billig.

Tim ging in sein Zimmer und sah sich um. Alles war irgendwie Retro und Pop-Art. Sehr bunt, viel Kunststoff. Im Zimmer ein schmales Doppelbett, über dem noch ein kleines Etagenbett an der Wand klebte. Gegenüber in der Ecke hing ein winziger Fernseher, dann gab es noch einen Miniaturschreibtisch mit einem Hocker ohne Lehne, und in der Zimmerecke gegenüber befand sich ein Waschbecken mit einem Spiegel. Tim haute sich aufs Bett, machte das Licht aus und sofort wieder an. Er konnte unmöglich schlafen. Zur Feier des Tages würde er sich heute einen hinter die Binde gießen und den Bierautomaten im Foyer leersaufen.

Als er unten ankam, traute er seinen Augen nicht. Das konnte sie nicht sein. Gloria, die er am frühen Abend in der Ruhrtalstraße gesehen hatte und die ihn so an Waltraud erinnerte. Er mußte den Verstand verloren haben. Oder irgendwie unter Schock stehen. Diese ganze Charly-Geschichte war wahrscheinlich way to much für jemanden wie ihn, der noch nie in seinem Leben etwas Aufregendes erlebt hatte.

Das Geräusch der Bierdose, die auf den Boden des Ausgabeschachts knallte, weckte ihn aus seinem tranceähnlichen Zustand. Er sah in Glorias erstauntes Gesicht.

»Was machst du denn hier?«

»Das ist eine lange Geschichte«, sagte Gloria. »Und du?«

»Meine Geschichte ist auch nicht gerade kurz«, sagte Tim, warf ein Geldstück in den Getränkeautomaten und drückte die Zahlenkombination für Bier. Das wiederholte er, bis er stolzer Besitzer von anderthalb Liter Diebels Alt war. »Vor allem würde sie mir sowieso keiner glauben.«

»Dann muß sie ja ziemlich interessant sein.«

Tim sah rüber zum Frühstücksraum. Aber der war mit einem vom Boden bis zur Decke reichenden Absperrgitter verschlossen.

»Sieht nicht so aus, als könnte man da rein«, sagte Gloria.

»Erst morgen wieder, wenn die Gorillas zum Frühstück kommen und die Zoobesucher zuschauen dürfen«, sagte Tim.

»Also, ich würde deine Geschichte gern hören. Komm, wir ziehen auch noch 'n paar Päckchen Erdnüsse. Ich geb einen aus. Und dann gehen wir einfach in mein Zimmer, okay?«

»Okay, aber sag hinterher nicht, ich hätte dich nicht gewarnt. Du wirst mir die Geschichte wirklich nicht abnehmen.«

»Sag mal, das gibt's doch nicht«, sagte Gloria. »Jetzt hab ich meine Hotelrechnung im Zimmer liegenlassen.«

Tim sah sie verständnislos an.

»Da steht doch die Code-Nummer für die Zimmertür drauf.«

»Die hast du dir nicht gemerkt?«

»Nein. So ein Scheiß.«

»Aber du hast den Code doch einmal gedrückt, du mußt dich doch an irgendwas erinnern.«

»Auf gar keinen Fall. Ich bin Mathematikalzheimer, ich kann mir wirklich keine Zahlen merken, das hat absolut keinen Zweck.«

»Ja und was jetzt?«

»Unten an diesem Check-in-Automaten hängt doch die Telefonnummer der Betreiber. Die muß ich anrufen, müssen die eben hierherkommen. Wartest du solange auf mich?«

»Klar. Ich geh schon mal in mein Zimmer.«

»Okay, aber iß nicht die ganzen Erdnüsse auf.«

Tim schaltete das kleine Fernsehgerät ein, das an der Stelle eingedübelt war, wo sonst in billigen Pensionen ein Kruzifix hing. Es lief gerade ein Werbeblock, in dem ein Spot nach dem anderen Telefon-Sex-Services anbot. Tim ging ins Bad und wußte nicht, ob er schockiert oder amüsiert sein sollte. Das hier war wirklich eine *Naßzelle*. Das Klo hatte keinen Deckel, die Dusche weder Wanne noch Vorhang, und in einer Aussparung in der Wand hing allen Ernstes ein kleiner Fensterwischer, mit dem man wohl die Überschwemmung nach dem Duschen in den Abfluß wischen sollte.

Als Gloria anklopfte, zappte Tim schnell auf einen anderen Sender um. Was sollte sie von ihm denken?

»Die gehen einfach nicht ran«, sagte sie. »Das mußt du dir mal vorstellen. Hier könnte ja auch ein Notfall vorliegen, beziehungsweise das hier ist doch ein Notfall, oder nicht? Da gehen die nicht ran und haben auch keinen Anrufbeantworter. Das darf doch nicht wahr sein!«

»Rufst du eben später noch mal an«, sagte Tim. »Ist ja nicht so schlimm. Die Erdnüsse sind alle noch da.«

»Okay«, sagte Gloria. »Bevor du loslegst mit deiner Geschichte: Am besten nimmt jeder von uns eine Tüte Erdnüsse für sich. Ich bin Erdnußjunkie, und es wäre nicht fair, wenn ich auch noch an deine gehen würde.«

Tim hatte ein Gefühl, als würde er schielen. Er hatte sich Hals über Kopf verknallt, daran gab es überhaupt keinen Zweifel. Das mit den Erdnüssen war ja so witzig auch wieder nicht, aber daß sie das so sagte, brachte irgendwie eine gewisse Offenheit mit sich, eine Vertrautheit geradezu, und sie hatte Humor, ja, sie hatte wirklich Humor. Tim hatte noch nie eine Frau mit wirklichem Humor kennengelernt, und er fragte sich oft, ob er nicht doch ein Chauvi war oder ob Frauen mit Humor tatsächlich kaum existierten. Jedenfalls Frauen mit seinem Humor. Er kannte sowieso fast nur die schlimmste Art von Mensch in dieser Beziehung, und das galt auch für alle Männer: Typen, die keinen Humor hatten und glaubten, sie hätten welchen. Aber Gloria, das war was anderes. Die strahlte ihn förmlich an. Die mußte gar nicht viel sagen, und er mußte lachen. Die wußte, was Humor war. Und die sprach in der Richtung ganz genau seine Sprache.

»In Ordnung«, sagte Tim. »Ich kann sowieso nicht viele davon essen. Eigentlich bin ich nämlich gegen Erdnüsse allergisch.«

»Ich auch«, sagte Gloria. »Ich krieg davon rote Flecken im Gesicht.«

»Und ich schreckliche Nießanfälle«, sagte Tim.

»Aber sie sind es wert, oder?«

»Auf jeden Fall«, sagte Tim. »Es geht nichts über gesalzene

Erdnüsse aus einer Vakuumverpackung. Wenn sie wirklich frisch und knackig sind und dann auch noch ganz leicht versalzen, aaaah …«

»Ich weiß, was du meinst«, sagte Gloria. »Und jetzt laß uns endlich anfangen, ich halt das nicht mehr aus!«

Sie rissen beide gleichzeitig ihre Erdnußtüten auf, und ihr unvergleichlicher Duft erfüllte das Zimmer.

24.

Alexej drückte sich in den Eingang des Zweitausendeins-Ladens und starrte auf den Karlplatz. Keine Menschenseele. Nicht einmal ein Penner, der irgendwo plötzlich seinen Schlafsack ausrollte. Vor dem Haus des Objekts parkten diverse Autos. In einem von ihnen würde ein Bodyguard sitzen. Den auszuschalten wäre zwar leicht, aber überflüssig. Er mußte herausfinden, wie er am unauffälligsten von einem der Nachbarhäuser über die Dächer gehen konnte. Alexej zündete sich eine Zigarette an und hielt schützend die Hand vor die Flamme. Jedesmal, wenn er sich im Dunkeln eine Zigarette anzündete, mußte er an diesen Moment denken, als Nikitas Kopf direkt neben ihm explodiert war. Nikita hatte sich eine Zigarette am falschen Ort zur falschen Zeit angezündet. Und danach hatte es Nikita nicht mehr gegeben.

Dann plötzlich doch eine Bewegung. Ein rotes Pizzataxi hielt vor dem Haus des Objekts, und der Fahrer stieg mit zwei Pizzakartons aus. In dem Wagen, in dem Alexej den Bodyguard vermutete, rührte sich nichts. Der Pizzamann klingelte und wurde reingelassen. Alexej war sich ziemlich sicher, daß der Mann das Objekt besuchte. Außer im Penthouse war nirgendwo mehr Licht zu sehen. Nach fünf Minuten kam der Mann wieder aus dem Haus. Alexej hatte sich inzwischen näher herangearbeitet, so daß er ihn erkennen konnte, als das Licht von einer Straßenlaterne auf sein Gesicht fiel. Er hatte ihn schon mal gesehen. Nach einer Weile fiel es ihm ein. Es war auf einer Party irgendwo in Oberkassel gewesen. Der Typ war Dealer. Er hatte an dem Abend eine Menge Kokain vorbeigebracht. Ausgezeichnete Ware. Da hatte er sich allerdings nicht als Pizzabote getarnt, sondern war ein normaler Gast gewesen und auch noch länger dageblieben.

Alexej lief zu seinem Auto, fuhr in entgegengesetzte Richtung durch eine Einbahnstraße und verfolgte das Pizzataxi mit großem Abstand. Komische Gesellschaft war das gewesen. Der Gastgeber war ein Immobilienmakler, der aussah wie ein Gangster in Hollywoodfilmen. Fast alle Gäste arbeiteten in der Werbung und trugen schwarze Kleidung wie bei einer Beerdigung. Vadim hatte ihn zu der Party mitgenommen. Alexej hatte gemerkt, daß ein paar Leute über ihn tuschelten. Vadim hatte sich einen Spaß daraus gemacht, ihn als russischen Rambo auszugeben, und den Leuten irgendwelche Geschichten erzählt. Nur die Freundin des Gastgebers hatte mit ihm geredet und ihm ganz offen Fragen über seine Vergangenheit gestellt. Er hatte ihr ein paar Geschichten über Angola erzählt, nichts Militärisches, nur Anekdoten und Touristengeschwätz. Er hatte sie nicht besonders gemocht. Sie sah gut aus, aber sie hatte diese typisch westliche Art gehabt, diese Überheblichkeit und dieses ewige Lauern darauf, daß man irgendwas tat, was einem dann als »frauenfeindlich« vorgeworfen wurde. Er verstand nicht, wie man mit so einer Frau zusammenleben konnte. Die einzigen Männer in Deutschland, die noch mit den Frauen fertig wurden, waren offenbar Zuhälter. Und die besorgten sich ihre Ware ja auch zunehmend aus dem Osten.

Alexej konnte sich ganz gut an den bekannteren Gebäuden orientieren, die er sich eingeprägt hatte. Sie fuhren am Kaufhof und am Opernhaus vorbei, dann bog das Pizzataxi rechts ab und fuhr über eine Kreuzung, vorbei am Schloß Jägerhof und dem Dreischeibenhochhaus. Dann fuhr es in eine Wohngegend mit kleineren Straßen und hielt schließlich. Oberbilk. Der Dealer stieg aus. Er schloß eine Haustür auf und verschwand in einem dunklen Flur. Alexej merkte sich die Hausnummer. Er würde auf den Dealer zurückkommen. Sehr bald.

25.

Endlich klingelte das Telefon. Neuenhofer ging sofort ran.

»Wie ist das Wetter in der alten Heimat?«

»Kalt«, sagte Neuenhofer, »scheißkalt. Wie sieht's bei dir aus?«

»Auch nicht so gut. Wir hatten überraschend einen Kälteeinbruch.«

»Was soll das heißen, Maurice?«

»Was ich sage. Wir haben null Grad. Und keine Aussicht mehr auf Besserung.«

»Das kann nicht sein.«

»Ich hab dich gewarnt.«

»Warte einen Moment.«

Neuenhofer legte das Telefon zur Seite und zog sich den Rest Koks rein, der noch auf dem Glastisch lag.

»Was ist los?« fragte Maurice, »erkältet oder immer noch die alte Angewohnheit?«

»Was ist passiert? Jetzt rück schon raus.«

»Ich hab Sommerklamotten gekauft, ausschließlich Sommerklamotten, genau wie du gesagt hast. Aber es hat sich leider herausgestellt, daß es dieses Jahr keinen Sommer mehr geben wird. Die Klamotten sind nichts mehr wert, absolut nichts.«

»Und jetzt?«

»Jetzt stehen wir im Regen, wenn du mir das Wortspiel erlaubst.«

»Das kann nicht sein. Du weißt, daß mir Petrus selbst gesagt hat, daß es einen Jahrhundertsommer gibt.«

»Es ist alles weg, Thorsten. Und Petrus wurde heute morgen in einem Meeting verhaftet, weil er Insider-Informationen über das Wetter weitergegeben hat. Stell dir vor, er steht da gerade vor einem Flip-Chart und erläutert Gott die neuesten Entwicklungen, und da kommen die Jungs von der obersten Finanzbehörde und lesen ihm seine Rechte vor.«

»Was soll ich denn jetzt machen?«

»Was man so macht, wenn man pleite ist. Noch mal ganz von vorn anfangen.«

Neuenhofer legte auf. Das durfte nicht wahr sein. Zwei Jahre lang hatte er sich den Mund fusselig geredet, um immer wieder neue Investoren zu finden, zwei Jahre lang hatte er mit einem hochkomplizierten System herumjongliert, das ständig zusammenstürzen konnte, zwei Jahre lang nichts als Streß und schlaflose Nächte und am Ende ein Arzt, der ihm eine Bypaßoperation androhte, wenn er so weitermachte, und jetzt war der *worst case* eingetreten. Maurice und er hatten auf das falsche Pferd gesetzt. Noch mal von vorn anfangen. Scheiße. Für einen kurzen Moment dachte er, daß Maurice ihn reingelegt haben könnte. Aber dafür war die verschlüsselte Information zu realistisch gewesen. Die ganze Arbeit war umsonst. Ihr Auslandskapital war futsch. Jetzt blieb ihm nur noch der Barvorrat. Genau wie er es in seinen schlimmsten Träumen befürchtet hatte.

Das Telefon klingelte wieder. Er hoffte inständig, daß es Maurice war. Maurice, der ihm erzählen würde, daß alles nur ein kleiner Scherz gewesen sei.

»Ja bitte?«

»Guten Abend, Herr Neuenhofer«, sagte eine tiefe, aber weich und sympathisch klingende Stimme. »Ich rufe wegen Ihres Bodyfat-Indexes an.«

»Da sind Sie falsch verbunden«, sagte Neuenhofer und legte auf. Es klingelte gleich noch mal.

»Wie gesagt«, sagte die tiefe sympathische Stimme. »Ich rufe wegen Ihres Bodyfat-Indexes an.«

Neuenhofer sagte nichts. Wie kam dieser Typ an seine Geheimnummer?

»Ihr Bodyfat-Index liegt weit, weit über zwanzig«, sagte die Stimme. »Nahezu bei dreißig. Das heißt, Sie haben gut zwanzig Kilogramm Übergewicht. Reines Fett, Herr Neuenhofer. Reines gelbliches schwabbeliges Fett macht sich da unter Ihrer Haut breit.«

»Was wollen Sie von mir? Wer sind Sie?«

»Man kann das natürlich mit einer Diät regeln. Aber Sie kennen ja sicher den Jojo-Effekt. Man nimmt fünf Kilo ab und danach wieder acht Kilo zu. Zwecklos das Ganze, wenn man nicht zusätzlich Sport treibt. Aber Sport wiederum macht Appetit. Oder ein gutes Gewissen, wenn man verstärktem Appetit nachgibt. Oder noch schlimmer, man macht Diät und viel Sport, nimmt sehr viel ab und kann auf einmal so viel essen wie, man will, ohne zuzunehmen. Aber weil man zuviel Sport treibt, gibt es plötzlich Verletzungen, die jede weitere sportliche Betätigung unmöglich machen. Man ißt aber weiterhin so viel wie gewohnt und nimmt entsetzlich viel zu. Überall Fallen und Frustrationen, Herr Neuenhofer. Und deshalb ist die operative Fettentfernung immer noch die beste und nachhaltigste Methode. Einfach weg mit dem gelblichen stinkenden schwabbeligen ranzigen Fett.«

»Das mag ja alles sein. Aber ich bin im Moment ganz zufrieden. Ich habe andere Sorgen als mein Übergewicht!« Neuenhofer wollte auflegen, aber er schaffte es nicht. Er konnte das Gespräch nicht abbrechen. Es lag an dieser Stimme. Er mußte ihr einfach zuhören. Und die Stimme redete weiter.

»Natürlich müssen Sie das jetzt sagen. Aber Sie sind doch ein intelligenter Mann, Herr Neuenhofer, gerade Sie mit Ihren ganz besonderen Fähigkeiten. Und gleichzeitig umreißen Sie damit auch ganz deutlich Ihr Problem. Ja, Sie haben andere Sorgen. Ja, Sie haben sogar ständig Sorgen. Und weil Sie ständig Sorgen und Streß haben, essen Sie zuviel. Vom Trinken mal ganz abgesehen, Sie wissen, wie viele Kalorien Alkohol hat. Ein Teufelskreis, einfach ein Teufelskreis. Aber gleichzeitig ja auch eine Chance. Praktisch die Alternative zu der natürlich immer noch sehr radikalen Methode der Chirurgie. Wer seine Probleme nachhaltig löst, nimmt oft schlagartig ab, weil er automatisch auf Alkohol und übermäßiges Essen verzichtet.«

»Wann kommen Sie endlich zur Sache? Sie reden mich ja schwindelig.«

»Es freut mich, daß gerade Sie das sagen, Herr Neuenhofer. Das Schwindeligreden von Geschäftspartnern ist doch eigentlich Ihr Metier, wenn ich richtig unterrichtet bin. Aber wie auch immer. Ich komme schon gleich zur Sache. Erlauben Sie mir nur noch, ein wenig auszuholen, damit wir unnötige Mißverständnisse vermeiden können.«

Neuenhofer ging mit dem Telefon zu einem Beistelltisch mit diversen Alkoholika, zog den Korken aus einer Flasche Grappa, setzte sie sich an den Mund und nahm einen tiefen Zug.

»Herr Neuenhofer, sind Sie noch dran?«

»Ja.«

»Schön. Haben Sie schon mal menschliches Fett gesehen, Herr Neuenhofer?«

»Nein.«

»Es ist natürlich voller Blut, wenn es frisch ist, das versteht sich von selbst. Aber darunter ist es tatsächlich gelb wie Butter. Wußten Sie eigentlich, daß menschliches Fett für die Herstellung von Kosmetik verwendet wird? Ein kleiner Nebenerwerb der Schönheitschirurgen. Aber ich schweife schon wieder ab, wo war ich stehengeblieben?«

»Was weiß ich.«

»Was war das für ein Geräusch, Herr Neuenhofer. Trinken Sie Alkohol? Denken Sie daran, wie viele Kalorien Alkohol hat. Das müssen Sie sich doch nicht antun.«

Neuenhofer wußte nicht, was er sagen sollte.

»Also, lieber Herr Neuenhofer. Mein Konzept ist einfach unschlagbar. Ich mache Sie in weniger als einer halben Stunde zu einem neuen Menschen. Meine Methode der Fettentfernung ist einmalig auf der Welt. Und sie ist natürlich erprobt, Herr Neuenhofer. Erprobt auf fast allen Kontinenten. Für jeden Fettgrad. Sie müssen bedenken, jeder Mensch hat ja einen gewissen Fettanteil, selbst der dünnste. Diese Menschen sind dann sozusagen marmoriert wie ein gutes Kotelett, da können Sie jeden Metzger fragen. Marmorierte Koteletts sind die besten. Wo war ich stehengeblieben? Ja – Erfahrung. Erfahrung ist die Basis für Vertrauen, finden Sie nicht auch? Aber wem sag ich das. Wissen Sie, daß man Leute wie Sie im Amerikanischen ›Con-Artists‹ nennt? ›Con‹ ist die Abkürzung für ›Confidence‹, also Vertrauen. Vertrauenskünstler. Ein schönes Wort, oder? Ein Vertrauenskünstler. Ja, Sie sind ein sehr guter Vertrauenskünstler, Herr Neuenhofer. Das Witzige ist bei diesem amerikanischen Begriff, also ›Con-Artist‹, daß dort ›Con‹ auch für Knacki steht, weil ›Con‹ praktisch die Abkürzung für ›Convict‹, also Gefängnisinsasse ist. Ist doch witzig, nicht wahr, diese Doppeldeutigkeit?«

»Ich weiß überhaupt nicht, wovon Sie sprechen.«

»Seien Sie mal nicht so empfindlich, Herr Neuenhofer. Natürlich wissen Sie das.«

Neuenhofer spürte, wie ihm kalter Schweiß den Rücken herunterlief. Der Mann war gefährlich. Diese Stimme machte ihm Angst. Aber er wehrte sich.

»Jetzt hören Sie endlich auf, so geschwollen herumzuquatschen, und sagen Sie endlich, was Sie wollen und wer Sie sind, verdammt noch mal.«

»Herr Neuenhofer, jetzt beherrschen Sie sich mal. Sonst können Sie doch auch immer ganz gut verbergen, daß Sie von ganz ganz unten kommen und schon immer ein bißchen jähzornig waren, oder? Was ich will, ist ganz einfach. Zwei Millionen Mark in bar. Ich gebe Ihnen sogar ein bißchen Zeit dafür. Bis St. Martin. Dann ist Deadline. Klar?«

»Das muß ein Mißverständnis sein. Ich bin bankrott. Da sind Sie bei mir wirklich an der falschen Adresse.«

»Selbst wenn Sie jetzt die Wahrheit sagen würden, was nicht der Fall ist, würde ich trotzdem darauf bestehen, an St. Martin von Ihnen zwei Millionen Mark in Empfang zu nehmen, die Sie Herrn von Waltersheim schulden, Herr Neuenhofer. Denn Sie würden sie auch besorgen, wenn Sie wirklich bankrott wären. Ich kann Menschen zu ungeahnten Kräften und Fähigkeiten verhelfen.«

»Ach ja, da bin ich aber mal gespannt.«

»Ich weiß, daß Sie jetzt ironisch klingen wollten, Herr Neuenhofer, aber das ist Ihnen nicht gelungen. Ich höre, daß Sie Angst vor mir haben. Und das ist auch richtig. Sie können nichts Besseres tun, als eine Heidenangst vor mir zu haben. Ich bin das Schlimmste, was Ihnen bisher im Leben begegnet ist, Herr Neuenhofer.«

Neuenhofer merkte, daß seine Hände zitterten. Mühsam zündete er sich eine Zigarette an.

»Sind Sie noch dran, Herr Neuenhofer? Ich komme jetzt

auch zum Ende. Ich wollte doch überhaupt nicht über Geld reden, sondern über Fettentfernung. Also, ich habe einige Fotos von Ihnen machen lassen in letzter Zeit und kenne Ihre Problemzonen ziemlich gut. Bauch natürlich, die Oberschenkel, und Sie haben ja richtige kleine Brüste, Herr Neuenhofer. Ich werde Sie in Kürze aufsuchen und Sie von diesen Problemzonen befreien. Ich halte nicht viel vom Absaugen. Das ist eine veraltete Methode und gibt auch nur Falten. Besser ist, man schneidet das Zeug einfach komplett ab wie einen Fettrand von einem Schnitzel. Sie werden sich natürlich jetzt fragen, ob das schmerzfrei ist. Das ist es leider nicht. Und bei einem Bodyfat-Index über zwanzig, und den haben Sie ja, sind auch die Überlebenschancen nicht sehr gut ... Sind Sie noch dran, Herr Neuenhofer ... hallo?«

»Hören Sie, wir sollten uns persönlich treffen, am Telefon –«

»Davon rede ich ja. Wir treffen uns in drei Tagen. Die Zeit bis dahin ist etwas knapp, ich weiß, und die Bankgebühren werden wie immer in solchen Fällen ein bißchen unverschämt sein, aber Sie werden es schon schaffen. Ach, und noch eins. Sie haben ja noch nie menschliches Fett gesehen. Schicken Sie doch mal einen Ihrer Babysitter zum Briefkasten. Ich hab da was für Sie hineingelegt. Und nun schlafen Sie gut, Herr Neuenhofer. Wir sehen uns.«

Neuenhofer versuchte sich nichts anmerken zu lassen und schickte Yücsel nach unten zum Briefkasten. Er kam tatsächlich mit einem dicken, wattierten DIN-A-4-Umschlag zurück, auf dem weder Adressat noch Absender standen. Der aufgequollene Umschlag gab unter Neuenhofers Händedruck nach. Er holte sich in der Küche eine Schere und schnitt den Umschlag auf. Ein rotgelber gallertartiger ekeliger Klumpen klatschte zuckend auf den Fliesenboden. Neuenhofer wurde schlecht, er stolperte zur Spüle, trat dabei aber auf den Klumpen, rutschte aus und fiel so hart auf sein Steißbein, daß ihm die Tränen liefen.

*

Charly zündete sich eine Arturo Fuente an. Eine wunderbar gearbeitete Zigarre aus der Dominikanischen Republik. Er verzichtete darauf, sich wie sonst einen Mitschnitt der ersten Kontaktaufnahme anzuhören. Neuenhofer hatte nicht viel gesagt. Aber wie er es gesagt hatte, war deutlich genug gewesen. Der Dicke bibberte vor Angst. Aber gleichzeitig war da auch noch immer die Unverschämtheit und Frechheit des Betrügers zu spüren gewesen. Das war etwas, was Charly wütend machen konnte. Die Typen, die sich aus Verzweiflung Geld geliehen hatten und nicht mehr damit rüberkamen, weil sie wirklich nur Pech hatten, die hatten ihm gelegentlich leid getan, wenn er nicht aufpaßte. Dann machte er seinen Job nicht besonders gern. Aber Typen wie der Dicke hatten ihn schon immer zur Weißglut gebracht.

Letztlich hatte er auch bei denen keine einzige seiner Drohungen wahr machen müssen. Bei denen kam es einfach total gut an, wenn man auf diese geschwollene Art mit ihnen sprach und sie wie ein billiger Versicherungsvertreter immer wieder mit Namen anredete. Und die Fettschwarte aus dem Schlachthof brachte es auch immer wieder. Irgendwann gaben sie alle nach. Aber er hatte sie alle so unendlich satt. Je höher die Summen waren, um die es ging, desto hohler waren in der Regel die Typen, bei denen er sie eintreiben mußte. Kein Stil, keine Klasse, nur die nackte Geldgier. Das war einfach nicht mehr seine Welt.

26.

»So wie wir jetzt auf diesem Bett sitzen und uns an die Wand anlehnen, so hab ich mich mit Waltraud vor fast zwanzig Jahren an die Wand von einer Mietskaserne des Düsseldorfer Spar- und Bauvereins gelehnt und wir haben uns gegenseitig Phantasiegeschichten erzählt. Ich war völlig abartig. In meinem Alter mußte man Mädchen normalerweise verachten, aber ich saß lieber mit Waltraud zusammen und erzählte Geschichten, statt mit diesen Ärschen einem Fußball nachzulaufen.«

»Und was ist aus Waltraud geworden?« fragte Gloria.

»Wahrscheinlich ist sie jetzt mit einem Arsch zusammen, der jedes Wochenende im Fernsehen anderen Ärschen zusieht, die einem Fußball nachlaufen, und hat zwei Kinder und eine Einbauküche. Und das ist auch richtig so. Ein Typ wie ich hätte Waltraud nur unglücklich gemacht. Ich hoffe, es geht ihr gut.«

»War das deine erste große Liebe?«

»Wahrscheinlich. Aber ich hab's gar nicht so richtig mitgekriegt. Sie hat merkwürdigerweise immer eine Gänsehaut an den Beinen bekommen, wenn wir Geschichten erzählten, und dann kratzte sie sich. Das ist ja eigentlich ziemlich widerlich, aber damals hab ich das nicht so gesehen. Es war für mich eher ein Zeichen, daß unsere Geschichten wirklich gut waren.«

»Soll ich dir sagen, was ich gemacht habe, als ich in dem Alter war? Ich bin mit den Ärschen einem Fußball nachgelaufen.«

»Oh. Ich hoffe, ich hab dich jetzt nicht irgendwie beleidigt.«

»Überhaupt nicht. Ich weiß nur, wie es ist, wenn man anders ist. Aber findest du das nicht auch ein bißchen unheimlich, das Ganze?«

»Was?«

»Na komm, heute abend begegnen wir uns zufällig in der Ruhrtalstraße, und ein paar Stunden später schon wieder hier in dem Hotel, und das ist ja nicht irgendein Hotel, man muß ja erst mal darauf kommen, da abzusteigen, und außerdem müssen wir ja wohl auch beide einen Grund dafür haben, die Nacht ausgerechnet in einem Hotel zu verbringen, also ich finde das schon ziemlich abgefahren.«

»Und dann gibt's auch noch zwei Etap-Hotels in Düsseldorf, das kommt erschwerend dazu. Eins im Süden und eins im Norden. Und wir sind beide hier.«

»Eben. Das meine ich damit, daß ich das irgendwie unheimlich und gruselig finde.«

Tim fand es ganz natürlich, daß Gloria ihre Hand auf seine legte, mit der er sich vom Bett abstützte. Die Hand fühlte sich warm an, fest und selbstsicher. Gar nicht wie die Hand einer Frau, die etwas unheimlich fand und sich fürchtete.

»Ich hab meine Freundin verlassen, und das hier ist das billigste Hotel, das ich kenne.«

»Noch eine Gemeinsamkeit«, sagte Gloria. »Langsam reicht's, oder?«

»Irgendwie schon.«

»Und du hast mir noch kein bißchen von der Story erzählt, die dir angeblich keiner glaubt.«

Natürlich glaubte Gloria ihm zuerst kein bißchen von der Story mit Charly und Frankenbarbie und der Handgranate und von Waltersheims Auftrag. Aber als er sie daran erinnerte, daß sie Charly schließlich selbst gesehen hatte, und sie zugeben mußte, daß sie ihn spontan für einen Zuhälter oder etwas in der Art gehalten hatte, stieg sie darauf ein.

»Ist ja total abgefahren«, sagte sie.

»Ich mach das natürlich nicht«, sagte Tim. »Ich meine, er

will jetzt sogar fünfzigtausend zahlen, ohne Rechnung vermutlich sogar, aber das ist mir wirklich zu brenzlig. Das mit der Handgranate hat mir gereicht.«

»Aber das war doch Zufall«, sagte Gloria. »Ich denke, die war gar nicht für euch bestimmt? Oder hab ich dich falsch verstanden?«

»Nein, schon, aber wirklich, das ist mir zu riskant. Und überhaupt. Ich kann doch gar nicht überblicken, auf was ich mich da einlasse.«

»Also ich würde das machen«, sagte Gloria. »Und ich würde sogar noch mehr dafür verlangen. Der verdient eine Million Mark an diesem Geschäft, und du sollst dabei mitmachen und kriegst nur fünfzigtausend? Also, ich würde zehn Prozent verlangen.«

»Hunderttausend Mark?«

»Was hast du schon zu verlieren? Mehr als nein sagen kann er nicht. Ich meine, er ist doch auf dich angewiesen. Er will unbedingt ein Buch über sich. Er braucht dich. Du kannst die Bedingungen stellen.«

»Na ja, da hast du natürlich recht.«

»Mann, das ist so abgefahren. Kann ich da nicht irgendwie mitmachen? Ich meine, schreiben kann ich auch, ich bin Werbetexterin. Ich finde das so irre, so authentisch, so hyperrealistisch.«

Nichts lieber als das, dachte Tim. Das würde ihm die Chance geben, viel Zeit mir ihr zu verbringen, sie besser kennenzulernen und so weiter. Daß sie nicht in ihr Zimmer konnte, traf sich ziemlich gut. Er wollte es nicht ansprechen, aber sie würde ihn bestimmt fragen, ob sie bei ihm schlafen konnte. Er würde dann natürlich anbieten, im Hochbett zu schlafen. Mal sehen. Er würde auf keinen Fall den ersten Schritt machen. Lieber schauen, wie Gloria reagierte.

»Findest du nicht auch?« sagte Gloria.

»Ja, klar. Absolut. Ich werd ihn fragen. Warum nicht. Wenn wir zu zweit daran arbeiten, ist das Buch ja auch schneller fertig, nicht? Und ich meine, wenn er hunderttausend rausrückt, dann kriegst du natürlich was davon ab.«

»Das find ich echt gut«, sagte Gloria und küßte ihn auf die Stirn. Tim grinste verlegen.

27.

»Das ist einfach geil«, sagte der Großhändler. »Das Teil ist praktisch wie ein Discman, nur daß du eben DVDs abspielen kannst. Und dazu hast du dann die Brille, die setzt du einfach auf und hast einen Riesenbildschirm vor den Augen. Und in den Brillenbügeln sind auch noch erstklassige Kopfhörer eingebaut. Das heißt, du kannst jetzt überall DVDs gucken, egal wo du bist.«

»Schlaucht das nicht unheimlich die Batterien?« fragte Keks.

»Da nimmst du einfach den Lithium-Ionen-Akku, ist optional, der hat Saft für gut acht Stunden. Paß auf, ich mach den mal an, setz mal die Brille auf. So, ja, vergiß die Kopfhörer nicht, einfach reinstecken. Und los geht's.«

»Geil. Was issen das für 'n Film?«

»Willst du mich verarschen, Keks?«

»Nee ehrlich …«

»Ach komm, den mußte doch kennen, Keks.«

Keks fand es schon erstaunlich, daß man mit dieser Brille so einen Kinoeffekt hatte und es auch einen Supersound gab. Er fand den Film nur nicht so gut. Da wurde endlos gequatscht, und John Travolta wurde irgendwann von Bruce Willis erschossen, lebte dann zum Schluß doch wieder, das hatte er nie verstanden, ein völliges Durcheinander, aber offenbar fanden das viele cool. Und jetzt lief ausgerechnet diese total langweilige Szene.

»Ja, ja, ›Pulp Fiction‹. Ich versteh überhaupt nicht, was ihr alle da dran findet, meine Güte. Besonders der Scheiß da mit Christopher Walken. Wo der dem Kleinen die Nummer mit der Armbanduhr erzählt, das Erbstück von seinem Vater, das der in seinem Arsch vor den Koreanern versteckt hat, Mann, das dauert doch eine Ewigkeit. Oder die Nummer, wie die vor dem Überfall über Madonna reden, und dann kriegste aber von dem Überfall selbst überhaupt nix mit. Das ist doch krank.«

»Das war ›Reservoir Dogs‹.«

»Ich find das krank, kannst du sagen, was du willst.« Keks zog die Brille ab und legte sie auf den DVD-Player. »Was kostet denn so ‘n Teil überhaupt?«

»Also der Sony DVP-FX1 kostet dreifünf, und die Glastron-Brille dazu einssieben. Aber kann ich dir für die Hälfte besorgen, mußte nur sagen, überhaupt kein Thema. Aber jetzt guck lieber erst mal, ob die Ware okay ist.«

Keks öffnete den Aktenkoffer, sah sich das Zeug an und nahm eine Stichprobe. Das ging bis in die Haarspitzen.

»Kommt gut«, sagte er.

»Und was ist mit euch?« fragte der Großhändler. »Happy?«

»Das werden wir gleich wissen«, sagte der Holländer mit seinem Gouda-Akzent. Sein indonesischer Bodyguard, den alle Nasigoreng nannten, zählte noch die Scheine nach, die in einem anderen Aktenkoffer lagen. Beides Alukoffer von Rimowa, wie Keks sofort gesehen hatte. Das kam nicht mehr so oft vor, daß es bei diesen Deals auch ein bißchen Stil gab. Die meisten brachten heute die billigsten Koffer an, die sie kriegen konnten. Mit dem Argument, daß billige Koffer unauffälliger waren. Aber das war eine Lüge, das wußte Keks genau. Die sparten alle, wo sie nur konnten. Irgendwann würde der Tag kommen, wo man Betriebswirtschaft studiert haben mußte, um Gangster zu werden.

»Dann sind wir jetzt alle zufrieden, ja?« fragte der Großhändler.

»Gleich«, sagte der Holländer. »Mal nicht so hektisch.«

Nasigoreng befummelte einen der Scheine mit seinen dicken Fingern. Keks fragte sich, was der Scheiß sollte. Der Typ kam aus einem Land, in dem man noch alles mit Bananen bezahlte, und spielte sich jetzt als Experte auf.

»Irgendwelche Probleme?«

Nasigoreng sagte etwas in unverständlichem Kauderwelsch. Der Holländer antwortete in dem gleichen unverständlichen Gebrabbel und ging zur Tür. Nasigoreng kam zu ihm, einen der Scheine in der Hand. Der Holländer sah sich den Schein an.

»Ich glaube, wir haben da tatsächlich ein kleines Problem«, sagte er.

Der Großhändler ging auf die beiden zu, stellte sich zwischen sie und legte ihnen seine Hände auf die Schultern.

»Hey, das muß ein Irrtum sein. Kommt, wir trinken erst mal was.«

*

Der Tag hatte schon total beschissen angefangen. Am Abend vorher hatte John extra alles bereit gelegt. Von den Klamotten bis zur Uzi. Aber dann hatte der Wecker nicht funktioniert.

Auf dem Weg in die verdammte Eifel hatte es in Strömen geregnet. Was ja nichts Neues war. In diesem Monat regnete es ständig. Das war langsam fast so wie in »Blade Runner«, wo es auch ständig regnete. Ohne Koks kriegte man da Depressionen. Und dann hatte er sich auf dem beschissenen vermatschten Waldweg beinahe festgefahren. Und als er es gerade noch geschafft hatte, zur vereinbarten Zeit an der verdammten Jagdhütte zu sein, stellte er fest, daß er die CD mit den Soundeffekts, die Gloria extra für ihn im Tonstudio aufgenommen hatte, nicht in den Ghettoblaster gesteckt hatte. Alles, was mit dieser verdammten Tusse zusammenhing, ging irgendwie scheiße aus. John konnte sich wirklich nur beglückwünschen, daß er sie los war. Und der Coup hier würde seine Probleme ein für allemal lösen. Das schaffte er auch ohne die scheiß CD.

Er ließ seinen Wagen hundert Meter entfernt stehen und schlich zur Hütte. Die Uzi hatte er in eine Leinenumhängetasche gepackt. Er tastete in seiner Hosentasche nach der Kopie des Hausschlüssels, die Keks ihm besorgt hatte. Den hatte er nicht vergessen. Jetzt nur noch die Uzi klarmachen. John hängte sich die Waffe über die rechte Schulter und schob mit der linken Hand das Magazin ein. Das Magazin klemmte. Er drückte mit der rechten Hand von oben auf den Lauf und gab dem Magazin mit der linken von unten einen kräftigen Stoß. Die Uzi ging sofort los. Bevor er überhaupt reagieren konnte, hatte sie im Alleingang das komplette Magazin durch die Tür geballert. Drinnen brüllte jemand. John drückte die Tür, die nur noch lose im Rahmen hing, mit der Schulter auf und ging rein. Der da brüllte, war Keks.

»Du dumme Sau, bist du wahnsinnig geworden?«

Keks rannte auf ihn zu und schlug auf ihn ein, riß ihm die Uzi von der Schulter und warf sie auf den Boden.

»Guck dir das an! Guck dir die Sauerei an, du Arschloch!«

Auf dem Boden lagen drei Männer. Sie waren tot. Die Uzi hatte ihre Ladung in ihre Hinterköpfe und Rücken gejagt und auf der anderen Seite ziemlich große und häßliche Austrittswunden hinterlassen. John taumelte an den Toten vorbei und blieb vor dem geöffneten Geldkoffer stehen. Erst da erwischte ihn der Schock. Für einen kurzen Moment war er praktisch stehend bewußtlos. Als er wieder zu sich kam, sah er, daß er auf das Geld gekotzt hatte.

»Das kann man waschen, das krieg ich schon wieder sauber«, stammelte er.

»Das ist Falschgeld, du Arschloch! Und das Kokain hast du auch noch versaut. Da ballert der einfach durch die Tür! Warum hast du die Sache mit der Drogenfahndung nicht durchgezogen? Ich denke, du wolltest die damit in die Flucht schlagen?«

»Ich hab die CD vergessen.«

»Du hast was?«

»Ich hab die CD vergessen, Mann.«

»Und deshalb bringst du drei Leute um? Mann, wenn ich auch noch an der Tür gestanden hätte, wäre ich mit draufgegangen! ER HAT DIE CD VERGESSEN! Ich kann nicht mehr!«

Keks zündete sich mit zitternden Händen eine Mentholzigarette an.

»Mann, das wollte ich doch nicht. Das Ding ist einfach losgegangen«, sagte John.

Keks nahm einen tiefen Zug. Er war jetzt wieder ganz ruhig. »Ich hab dir gesagt, mit so einer Waffe muß man umgehen können, und du hast mir gesagt, du hast damit im Wald geübt.«

»Hab ich ja auch.«

Keks gab auf. »Los komm, wir müssen hier weg.«

John sah sich um. »Was ist mit dem Kokain?«

Keks blickte ihn mit ausdruckslosen Augen an und machte dann eine Kopfbewegung. John stieg über die drei Leichen hinweg und ging zu dem durchlöcherten Kokskoffer, der auf dem Boden lag und von rotem Schneematsch und Plastikfetzen umgeben war. Da war nichts mehr zu machen. John sah Keks ratlos an.

»Los, wir müssen weg. Und nimm den verdammten Kotzkoffer mit.«

»Ich denk, das ist Falschgeld?«

»Mann, John. Einen genetischen Fingerabdruck kann man auch von Kotze anfertigen, bist du bescheuert oder was. Nimm den scheiß Koffer jetzt mit!«

John klappte den Koffer zu. Dahinter lagen ein Sony DVD-Player und eine spacige blaue Brille, die man offenbar daran anschließen konnte. John griff sich die Sachen.

*

Keks war zusammen mit dem Großhändler in dessen Wagen gekommen und mußte mit John zurückfahren. Jetzt saß er neben ihm auf dem Beifahrersitz und hatte die Uzi auf dem Schoß.

»Halt mal an«, sagte er.

»Mann, hätteste nicht in der Hütte pissen können?« sagte John.

»Los, mach schon.«

John bremste, und Keks stieg aus und stapfte mit der Uzi in den Wald. Nach zehn Metern drehte er sich um und sah zurück. John war ausgestiegen und zündete sich eine Zigarette an. Keks legte auf Johns Kopf an. Dann ließ er die Waffe wieder sinken, wischte sie sorgfältig mit mehreren Papiertaschentüchern ab, legte sie in ein Gebüsch und ging zum Auto zurück.

John hatte Antenne Düsseldorf eingeschaltet, ein alter Eurythmics-Song wurde gespielt: »Thorn in my Side«. Wie passend, dachte Keks, als er wieder einstieg.

Sie fuhren eine Weile schweigend weiter. Dann trat John abrupt auf die Bremse.

»Hey!« sagte er. »Mir machste Vorwürfe, daß ich 'ne CD

vergesse, und du läßt die Uzi beim Pissen im Wald liegen. Dafür hab ich zweitausend Mark bezahlt.«

»Willst du auch noch mit der Knarre erwischt werden?« sagte Keks. »Das kann doch nicht wahr sein. Außerdem hast du eh zuviel dafür bezahlt. Du mußt jetzt erst mal dringend dafür sorgen, daß du ein Alibi kriegst, ja? Und dann guck, daß du deinen Kotzkoffer entsorgst. Das Geld steckst du in einen Altpapiercontainer. Aber ohne dabei gesehen zu werden, versteht sich. Und den scheiß Koffer, den füllst du mit Steinen und schmeißt ihn in den Rhein, würd ich mal sagen. Deine Schuhe wirfst du in einen Schuhcontainer, aber natürlich nicht in Oberkassel, und die Klamotten müssen auch weg.«

»Hör mal, die Schuhe haben vierhundert Mark gekostet, und der Anzug fünfzehnhundert, was soll denn die Scheiße?«

»Deine scheiß Schuhe haben Spuren hinterlassen und dein scheiß Anzug irgendwelche Fasern. Also muß das Zeug weg, klar? Das mach ich mit meinen Klamotten auch so.«

»Du hast gut reden mit deinen Polyester-Fummeln, Mann. Dein Anzug hat doch kaum mehr gekostet als meine Socken.«

Keks' Faust landete mit voller Kraft auf Johns Jochbein. John heulte auf, hielt aber weiter das Lenkrad fest. Keks fragte sich, was er eben gemacht hätte, wenn noch ein zweites Magazin für die Uzi dagewesen wäre. Ob er den Idioten erschossen hätte. Besser wäre es sicher gewesen. Er hätte sich nie auf diesen scheiß Plan einlassen dürfen. John war viel kaputter, als er geahnt hatte. So war das mit guten Kunden. Sie brachten dir eine schöne Umsatzgarantie, aber irgendwann wurden sie unberechenbar. Das hätte er wissen müssen.

»Du machst alles genau so, wie ich es dir sage, John«, sagte Keks leise. »Wenn ich wegen dir in den Knast komme, dann bist du ein toter Mann.«

28.

Neuenhofer sah sich skeptisch in der Gartenlaube um. Einfach grauenhaft. Ein alter Herd, eine Spüle, ein zerbeulter Kühlschrank, eine Eckbank mit einem Tisch und ein kleines Zweisitzer-Sofa. Auf dem Kühlschrank standen ein uraltes transportables Fernsehgerät und ein Kofferradio.

»Ich weiß«, sagte Kevin. »Ein Luxushotel ist das nicht gerade. Aber dafür ist hier um diese Jahreszeit auch kein Mensch, Herr Neuenhofer. Hier können Sie sich absolut sicher fühlen. Wer sollte schon darauf kommen, daß einer wie Sie sich hier versteckt? Und uns hat mit Sicherheit niemand mehr verfolgt, nachdem wir die abgehängt haben. Das war doch ein echt genialer Trick. Fernsehgerät gibt's hier, und die Heizung tut's auch. Und es ist ja nicht für immer, sag ich mal.«

»Ist schon gut«, sagte Neuenhofer. »Ich werd mich dran gewöhnen. Und vielen Dank erst mal.«

»Kein Thema«, sagte Kevin. »Meine Freundin bringt Ihnen nachher Vorräte für ein paar Tage. Koks können wir Ihnen nicht besorgen, das sag ich Ihnen lieber gleich. Aber das halten Sie schon aus, oder? Ansonsten alles wie abgesprochen. Sie wollten ganz plötzlich zum Flughafen, und ich hab Sie hingebracht. Sie haben mir gesagt, Sie hätten meinen Boss davon informiert. Und ich weiß nicht, wohin Sie fliegen wollten.«

Neuenhofer nickte. »Genau.«

»Toilette ist übrigens draußen, wenn Sie rausgehen, rechts rum, hinterm Haus. Bis heute abend dann.«

Neuenhofer schaltete das Fernsehgerät ein. Immerhin hatte diese versiffte Hütte Satellitenempfang. Er stellte einen Sender mit einer Dauerwerbesendung ein. Ein chinesischer Koch bereitete mit einem Wok alle möglichen Gerichte zu, während ein Präsenter danebenstand und sich um Kopf und Kragen redete. Neuenhofer liebte diese Sendung. Noch lieber war ihm die Werbung für die Fitness- und Schlankmach-Geräte. Sein Kopf wurde immer völlig leer, wenn er länger als zehn Minuten zuschaute. Er brauchte nicht zwanzig Jahre seines Lebens im Schneidersitz zu hocken und Atemübungen zu machen, um das befreiende Nichts zu finden. Er mußte nur zehn Minuten diese dämliche Sendung anschauen und hatte den inneren Frieden gefunden. So einfach war das. Er öffnete den Kühlschrank und fand darin ein paar Dosen Diebels. Neuenhofer mochte kein Altbier, aber noch weniger mochte er gar keinen Alkohol, also riß er eine Dose auf und machte es sich damit auf der Eckbank gemütlich. Er trank die Dose aus, und als der Koch sich verabschiedete und von einer Rudermaschine abgelöst wurde, war er im Sitzen eingeschlafen und träumte. Er arbeitete in einem großen Unternehmen, in dem alle Büros eine Nummer trugen. Seines trug die Nummer siebenundzwanzig. Aber als er an diesem Morgen in sein Zimmer wollte, war es abgeschlossen, und die Nummer an der Tür fehlte. Sie hing an einer langen Garderobe an der Wand des Flurs zusammen mit vielen anderen Nummern. Und die Flurwände waren auf beiden Seiten des Gangs über und über mit Blut beschmiert.

Sein Handy riß ihn mit den Anfangstakten von »Mission Impossible« aus diesem bleiernen Traum, den er in letzter Zeit häufig träumte. Der Mann mit der freundlichen Stimme war dran.

»Hallo, Herr Neuenhofer. Was machen die Fettzellen? Bestimmt konnten Sie in der Zwischenzeit noch ein paar neue ansammeln. Sie wissen ja, wie es ist, mal nimmt man ein bißchen ab, und beim nächsten Mal nimmt man wieder zu. So ist der Jojo-Effekt nun mal. Dauerhaft schlank bleibt man nur, wenn man seine Ernährung umstellt und sich viel bewegt. Aber wer hat schon so viel Zeit und Energie. Da ist die chirurgische Lösung doch viel bequemer. Einfach rausschneiden die Speckröllchen, ein für allemal. Das ist doch ganz simpel. Man muß nur aufpassen beim Schneiden. Wenn man einmal dabei ist, verliert man schnell das Augenmaß. Eben weil es so einfach ist. Warum die Fettzellen absaugen, wenn man sie auch abschneiden kann? Mit zwei Fingern zusammendrücken und dann, schnipp, mit der scharfen Schere daran. Was für eine Blutgruppe haben Sie eigentlich, Herr Neuenhofer? Das sollten wir schon wissen. Man verblutet doch leicht, wenn man größere Schnitte machen muß, so wie bei Ihnen. Aber was ist das Leben ohne Risiko? Das muß ich Ihnen wohl nicht erzählen. Sie als Finanzexperte wissen schließlich am besten, wie man einen Schnitt macht. Besonders mit fremdem Geld. Herr von Waltersheim ist da sehr altmodisch. Wenn Neuenhofer das Geld nicht zahlt, will ich für jede Million ein Pfund von seinem Fleisch, sagte er mir. Das ist viel, so ein Pfund, das glauben Sie gar nicht. Oder besser gesagt zwei, es sind ja zwei Millionen. Ein Kilo. Und Sie kennen ihn ja. Er würde das nachwiegen, und er würde zu mir sagen, mein Lieber, das sind nur neunzehnhundert Gramm, da müssen Sie noch mal ran an den Herrn Neuenhofer. Und selbst wenn ich sagen würde, das geht nicht, Herr von Waltersheim, Sie müssen sich vorstellen, fast zwei Kilo, das hält niemand aus, Blutverlust und Schock, der Mann ist tot, dann würde er sagen, das interessiert mich nicht, graben Sie die Leiche aus und schneiden Sie ihm die fehlenden hundert Gramm auch noch ab. So ist von Waltersheim nun mal. Und was soll ich tun? Die Konkurrenz ist groß, und ich muß mich auf dem Markt behaupten. Also schneide ich, oder? Sie würden auch nicht anders handeln, Herr Neuenhofer.

Also überlegen Sie es sich. Ich bitte Sie, das Geld in bar bereit zu halten. Und zwar in einem Louis-Vitton-Koffer. Herr von Waltersheim besteht auf Louis Vitton. Wenn Neuenhofer zahlt, soll ihm richtig das Herz bluten, hat er gesagt. Sie müssen ihn wirklich sehr verletzt haben, Herr Neuenhofer. So kenne ich Herrn von Waltersheim sonst gar nicht, daß er Geschäfte so persönlich nimmt. Aber ich rede und rede mal wieder. Was meinen Sie? Oder, nein, sagen Sie jetzt gar nichts, Herr Neuenhofer. Stellen Sie sich einfach mal selbstkritisch vor den Spiegel. Da kann wirklich was runter. Selbst in Ihren Lippen ist Fett, wissen Sie das? Es sind Genießerlippen, ja, natürlich, aber sie sind voller Fett, so ist das nun mal. Vielleicht wären Ihre Lippen ein Anfang? Mit irgend etwas muß ich ja schließlich anfangen, und gleich an die Hüften zu gehen, wäre vielleicht etwas übertrieben. Lippen kann man mit einem einzigen Schnitt machen. Heckenscheren haben eine unglaubliche Wirkung, wenn man richtig damit umgeht. Sind Sie noch dran, Herr Neuenhofer? Sie atmen so schwer. Sie sollten das nicht persönlich nehmen, also zwischen Ihnen und mir, meine ich. Wenn ich Sie besser kennen würde, wären Sie mir ja vielleicht sogar sympathisch. Ich hab nichts gegen Sie, verstehen Sie? Ich mache meinen Job, das ist alles. Und ich habe noch niemals versagt. Alle meine Klienten haben Ihr Geld zurückbekommen, Herr Neuenhofer. Also bis bald. Schönen Tag noch, Herr Neuenhofer.«

Neuenhofer bemerkte zu seinem großen Entsetzen, daß er sich in die Hose gepinkelt hatte. Er hatte die ganze Zeit auf die Austaste drücken wollen, aber die Stimme war wie hypnotisch. Er fühlte sich in ihren Bann gezogen, obwohl sie ihm diese Dinge sagte. Und er glaubte, daß der Mann all das, was er da sagte, auch tun würde. Daran gab es überhaupt keinen Zweifel.

Jetzt hatte er schon seine geheime Handynummer herausgefunden. Neuenhofer schaltete sein Handy aus. Über das Gerät konnte man ihn theoretisch auch orten. Vielleicht hatte der Mann deshalb so lange gesprochen? Neuenhofer spähte aus dem Fenster. Dann aus der Tür. Er riß sich zusammen und schlich einmal um die ganze Laube. Nichts. Schnell ging er wieder rein und schloß die Tür hinter sich ab. Dann machte er die Vorhänge zu, zog sich die Hose aus, ließ Wasser über den Fleck laufen und hängte sie zum Trocknen über die Elektroheizung. Er wusch die Unterhose mit einem Geschirrspülmittel aus und hängte sie ebenfalls zum Trocknen auf.

Da saß jetzt also das brillante Finanzgenie mit der sagenhaften Überredungskunst mit nacktem Arsch auf einer versifften Eckbank in einer versifften Schrebergartenlaube in Duisburg-Ungelsheim, schaute sich in einem alten rappeligen Fernsehgerät eine Dauerwerbesendung an und wußte vor Angst nicht mehr, was es machen sollte.

29.

»Gloria war noch mal hier und hat sich ihre restlichen Klamotten geholt«, sagte John. »Das Schlafzimmer sieht aus wie ein Schlachtfeld. Hat alles aus den Kleiderschränken rausgerissen, die blöde Kuh. Echt, die hätt ich schon vor drei Monaten rauswerfen sollen, aber ich bin einfach zu gutmütig. Wenigstens hat sie auch schön den Wohnungsschlüssel hiergelassen.« Er hob einen Schlüsselbund von der Küchentheke auf und zeigte ihn Keks. Den Zettel, auf dem der Schlüssel lag und auf den Gloria geschrieben hatte: »Schieb dir das Koks in den Arsch!«, knüllte John zusammen und warf ihn in den Abfalleimer.

»Mann, vor drei Monaten, das wär's gewesen, da hab ich dieses kleine Luder kennengelernt. Hab ihr 'ne Wohnung in Oberbilk gezeigt, und kaum war die Tür hinter uns zu, da ging die mir auch schon an die Hose. Provision ervögeln, klar. Aber das hat sich echt gelohnt. Mann, war das eine Granate. Ich muß echt mal gucken, ob die da immer noch wohnt in Oberbilk. So was könnt ich jetzt gebrauchen.«

»Vergiß es. Jetzt wohn ich erst mal 'n paar Tage hier.«

»Was ist?«

»Hast richtig gehört. Du brauchst 'ne 24-Stunden-Aufsicht, Mann, so viel Scheiße, wie du im Moment machst. Das kann ich gar nicht verantworten. Dich kann man ja nicht aus den Augen lassen, ohne daß du einem sofort die Bullen auf den Hals hetzt. Haste noch was Süßes da?«

John deutete auf eine Vitrine. »Ist noch die angebrochene Prinzenrolle drin.« Er selbst schüttete sich lieber ein großes Glas Vodka ein.

»Gib mir auch einen«, sagte Keks mit vollem Mund und hielt auffordernd die Hand hin.

John gab ihm das Glas und schenkte sich ein neues ein.

»Ist für uns beide besser«, sagte Keks. »Ich hab keinen Bock auf unangemeldeten Besuch, der mir unangenehme Fragen stellt. Und damit mein ich nicht die Bullen.«

»Wen denn sonst?«

»Ich weiß nicht, ob die Leute von dem Holländer das nicht ein bißchen persönlich nehmen. Kann sein, daß sie es dabei bewenden lassen, weil sie nicht noch mehr Publicity haben wollen. Kann aber auch sein, daß sie meinen, sie müßten da reagieren. Irgendwas lief da eh komisch. Der Großhändler hat den Holländer für so unprofessionell gehalten, daß er ihm Falschgeld andrehen wollte. Aber der hat's gemerkt. Ich hab nichts davon gewußt, und ich hab's auch nicht gemerkt. Aber der Holländer und sein Gorilla schon. Das könnte unser Glück sein.«

»Häh? Versteh ich nicht. Die sind tot, oder?«

»Hey, die sind tot, ja, darum geht's unter anderem auch. Und daß das Kokain hinüber ist und die Kohle weg, verstehst du? Wenn das Amateure gewesen wären, die mit anderen Amateuren in Amsterdam zusammenarbeiten, dann würden die auf jeden Fall hierherkommen und versuchen, ihre Kohle zu kriegen. Aber wenn das Profis sind, kann es sein, daß ihnen die halbe Mio das Risiko nicht wert ist, verstehst du jetzt? Dann hätten wir Glück. Es könnte aber auch sein, daß die für alle auf dem Markt ein Zeichen setzen müssen, daß man mit ihnen so was nicht machen kann. Und dann würden sie alles tun, um uns zu beseitigen, und das würden sie auch schaffen.«

»Komm, komm. Dazu müssen sie uns erst mal kriegen.«

»Das ist nicht das Thema, John. Du hast keine Ahnung. Wenn solche Leute jemand töten wollen, dann töten sie ihn. Du kannst dich verstecken, du kannst dir Bodyguards nehmen, du kannst sogar in Schutzhaft gehen. Sie werden einen Weg finden, dich umzubringen. Früher oder später. Und du denkst die ganze Zeit nur daran, wann es wohl so weit ist.«

John schenkte sich noch einen Vodka ein. »Jetzt hör aber auf, Keks.«

Keks schüttelte den Kopf. »Ich hab mal von so einem gehört, hinter dem waren sie auch her. Der hat sich umgebracht. Der hat's einfach nicht mehr ausgehalten.«

»Hast du eigentlich noch was Koks?« fragte John.

»Hab noch 'nen kleinen Privatvorrat für Notsituationen. Kostet natürlich entsprechend.«

»Jetzt ist aber gut. Wir sind ja wohl Partner, oder? Wir hängen beide da drin.«

»Vor allem sind wir Partner, und vor allem hängen wir beide da drin. Du hast die drei Typen erschossen, John, nicht ich. Ist dir das eigentlich klar? Du hast drei Menschen umgebracht!«

John starrte auf den Boden.

»Ja, ja. Ich kann nicht mehr sagen, als daß es mir leid tut. Ich konnte doch nicht wissen, daß dieser scheiß Jugo mir 'ne Uzi verkauft, die nicht funktioniert.«

»Klar. Du kannst überhaupt nichts dafür.«

»Meine Rede.«

»Mensch, John, wo immer du auch bist, komm da runter. Du hast Scheiße gebaut, und zwar gewaltig. Eigentlich dürfte ich mich überhaupt nicht mehr mit dir zusammen sehen lassen.«

»Aber du machst es trotzdem. Du bist eben ein echter Kumpel.«

John füllte ihre Gläser nach. Sie stießen an und kippten den Vodka runter.

»Partner?« sagte John.

Keks nickte.

John war erleichtert. Er durfte Keks nicht verlieren. Keks war der wichtigste Mensch in seinem Leben. »Keks und Koks. Fix und Foxi«, sagte John und mußte lachen.

Keks lachte auch. Also konnte er so sauer nun auch wieder nicht sein.

30.

Draußen war es eiskalt, aber die Sonne schien, und ihre Strahlen fielen durch die Butzenscheiben auf die Tische, und in den Strahlen waberte Zigarrenrauch.

So könnte ein Kapitel in meiner Biographie anfangen, dachte Charly und nippte an seinem Bierglas. Im »Füchschen« war die Zeit stehengeblieben. Vielleicht war er deshalb so gern hier. Leider gab es immer mehr Anzeichen dafür, daß das nicht mehr lange so sein würde. Es hatte schleichend damit angefangen. Auf einmal waren schon mittags immer mehr Tische reserviert, besonders während der Messezeiten, was dazu führte, daß man als ganz normaler Düsseldorfer entweder überhaupt keinen Platz mehr bekam oder sich zwischen einen Haufen schwäbelnder Druckereibesitzer oder italienischer Schuhfabrikanten setzen mußte. Und dann waren auf einmal Dinge auf der Speisekarte aufgetaucht, die dort wirklich nicht hingehörten. Zwischen Mettwurst mit Grünkohl und Leberklößen mit Kraut gab es plötzlich kalorienarme Salatplatten. Noch gab es kein »Füchschen Light«, aber Charly war Realist genug, um zu wissen, daß auch das nur eine Frage der Zeit sein würde.

»Hörst du mir überhaupt zu?«

»Sorry«, sagte Charly. »Ich war gerade ganz in Gedanken.«

»Das hab ich gemerkt«, sagte Straub. »Irgendwelche Probleme?«

»Neuenhofer ist abgehauen. Und von Waltersheim hat mir verschwiegen, daß er noch jemand beauftragt hat. Ich hab dir doch von der Sache in der Kö-Galerie erzählt. Die Russen, die hinter diesem Dicken her waren und dabei die zwei Kerle erschossen haben. Der Dicke war Neuenhofer, den hab ich ganz klar auf den Fotos wiedererkannt, die mir von Waltersheim gegeben hat. Die Russen sind nicht zu unterschätzen. Wollen sich in Düsseldorf wohl niederlassen. Und das nicht nur als Inkassobüro. Die machen auch in Schutzgeld, und das ist wahrscheinlich noch nicht alles. Offenbar bauen die hier 'ne richtige Firma auf. Das gefällt mir ganz und gar nicht.«

»Wie kommst du darauf, daß von Waltersheim die Russen beauftragt hat? Könnte doch auch jemand anderes sein.«

Charly schüttelte den Kopf. »Ein bißchen Menschenkenntnis hab ich schon. Zwei Millionen müßten für von Waltersheim eigentlich Peanuts sein. Der nimmt das persönlich, daß Neuenhofer ihn reingelegt hat, und deshalb hat er ihm auch die Russen auf den Hals gehetzt, weil er weiß, daß die hart rangehen. Aber in der Kö-Galerie, das war nicht nur viel zu hart, sondern das ging auch noch daneben. Und deshalb hat von Waltersheim mich jetzt engagiert. Was die Russen aber nicht davon abhalten wird, ihren Job zu Ende zu machen, ob von Waltersheim das jetzt will oder nicht.«

»Du meinst wirklich, von Waltersheim nimmt das persönlich?«

»Ich weiß ja nicht, wie gut du den kennst, aber ich sag dir eins: Die Art, wie der zu mir gesagt hat: ›Nennen Sie mich VW‹, die sagte mir alles. Das ist ein völlig aufgeblasener Typ. Dem mußt du nur einen Groschen klauen, dann rastet der schon aus.«

»Und was ist jetzt mit Neuenhofer?«

»Abgehauen, wie gesagt, aber ich kann mir da einiges zusammenreimen. Ich hab 'nen Vertrauensmann bei Neuenhofers Provider sitzen, der kann aufgrund der Handyaktivitäten genau sagen, wo sich Neuenhofer gerade befindet. Als ich zuletzt mit ihm telefoniert habe, war er im Düsseldorfer Norden, vielleicht sogar schon in Duisburg. Vielleicht hat er sich mit einem von seinen Bodyguards abgesetzt, die arbeiten nämlich alle für 'ne Security-Firma aus Duisburg, da stand ein Wagen mit Firmenaufschrift vor Neuenhofers Haus, damit auch bloß jeder gleich sehen konnte, daß der beschützt wird.«

»Noch zwei Alt?« fragte der Köbes im Vorbeigehen.

Charly nickte. »Und zweimal die Leberklöße mit Sauerkraut.«

»Nee, nee, für mich den Salat mit Hähnchenbrust«, sagte Straub. »Leberklöße! Viel zu viel Cholesterin. Da mußt du ja einen Kardiologen neben dir sitzen haben, wenn du das ißt.«

»Du mußt wissen, was du tust«, sagte Charly. »Jedenfalls, ein Handygespräch noch, und ich weiß, wo Neuenhofer ist, und dann schnapp ich ihn mir.«

31.

»Was soll das heißen, er ist weg?« sagte Alexej.

»Er ist mit einem der Bodyguards zum Flughafen gefahren«, sagte Vadim. »In ein Parkhaus. Er ist ganz raufgefahren und dann wieder runter, und dann ist jemand aus seiner Parklücke herausgefahren, und wir kamen nicht weiter und haben ihn verloren.«

»Ihr seid auf einen der ältesten und simpelsten Tricks hereingefallen, die es gibt«, sagte Alexej. »Du bringst ein paar Autos zwischen dich und den Verfolger, und dann fährst du wieder raus aus dem Parkhaus. Dafür brauchst du nur ein Dauerparkticket. Wer von den Bodyguards war bei ihm?«

»Der große Blonde.«

»Dann krieg heraus, wer das ist und wo er wohnt. Und zwar schnell. Der große Blonde weiß, wo wir unseren Mann finden. Da bin ich mir ziemlich sicher. Und wenn der es nicht weiß, dann wird uns der Pizzamann helfen.«

»Wer ist der Pizzamann?«

»Das muß dich nicht interessieren. Dich interessiert jetzt nur noch der große Blonde. Wenn ich bis heute abend nicht weiß, wo er wohnt, dann bist du morgen abend wieder in deinem verdammten Kuhdorf im Ural, ist das klar?«

Alexej stieg aus Vadims Auto und knallte die Tür zu. Es war kalt. Und die beiden stark geschminkten Blondinen, die an ihm vorbeigingen und in einen Porsche einstiegen, sprachen Russisch. Er liebte die Königsallee. Manchmal konnte man hier wirklich glauben, man wäre in Moskau.

Aber er war nicht in Moskau. Er war in Düsseldorf, und hier brauchte er jetzt schnell einen Erfolg. Zu Hause mußte man sehen, daß er der richtige Mann war. Der Mann, dem man die Stadt anvertrauen konnte. Düsseldorf wurde der Schreibtisch des Ruhrgebiets genannt. Und wenn jemand an diesem

Schreibtisch sitzen und bestimmen konnte, wo es langging, dann war er das: Alexej Turgenev. Er trug nicht umsonst den Namen eines der größten russischen Schriftsteller. Der Klient hatte seinen Auftrag storniert, nachdem die Sache in der Kö-Galerie passiert war. Er konnte das sogar verstehen. Sein kleiner Bruder war wirklich ein Hitzkopf, und er hatte ihn zu früh mit nach Deutschland genommen. Hier schoß man nicht so einfach Menschen auf offener Straße oder in Einkaufszentren nieder. Aber der Klient konnte den Auftrag auch nicht so einfach stornieren. Nicht ohne sein Einverständnis. Er würde den Auftrag ausführen. Ob der Klient wollte oder nicht. Das war eine Sache der Ehre.

32.

Neuenhofer hatte gerade seine mittlerweile wieder trockene Kleidung angezogen, als es an der Tür klopfte. Inzwischen hatte er sich wieder so weit unter Kontrolle, daß er es wagte, den Vorhang ein kleines Stück beiseitezuschieben und hinauszusehen. Eine etwas drall aussehende Blondine stand draußen. Sie hatte eine Lidl-Plastiktüte in der Hand. Das mußte Kevins Freundin sein. Er öffnete die Tür und ließ sie rein.

»Tach«, sagte sie, ging an ihm vorbei und stellte die Einkaufstüte auf den Herd. Sie sah auf das Fernsehgerät. »Gleich kommt ›Verbotene Liebe‹ im Ersten. Was dagegen, wenn ich das anmache?«

»Kein Problem«, sagte Neuenhofer.

»Ich mach uns in der Zwischenzeit 'ne Pizza«, sagte die Frau und schaltete aufs erste Programm um. Sie zog ihre Lederjacke aus und warf sie auf das kleine Sofa. Dann nahm sie zwei Packungen Tiefkühlpizza aus der Einkaufstüte, öffnete sie und legte die Pizzen in den Backofen. Anschließend holte sie eine Packung West Light und ein Bic-Feuerzeug aus der Tüte, zündete sich eine Zigarette an, nahm einen Aschenbecher aus einem Regal, brachte alles zum Tisch und setzte sich auf die Eckbank. Das alles mit langsamen, trägen, aber doch sehr zielgerichteten Bewegungen. Wie ein Roboter in Zeitlupe. Sie klopfte mit der flachen Hand neben sich auf die Eckbank. Neuenhofer setzte sich dazu. Sie zeigte auf ihre Zigarettenpackung. Neuenhofer nahm sich eine heraus und zündete sie an.

Kevins Freundin verfolgte die Handlung der Seifenoper mit unbewegtem Gesicht. Zweimal zündete sie sich eine neue Zigarette an, ohne dabei auch nur für einen Augenblick vom Bildschirm wegzuschauen. Als der Abspann lief, stand sie schweigend auf, und Neuenhofer machte ihr Platz.

Sie brachte zwei Teller mit Besteck und eine Dose Bier für ihn und eine Pepsi Light für sich und setzte sich wieder neben ihn auf die Eckbank und starrte weiter auf den Bildschirm, während sie die Pizza aß.

»Wie heißen Sie eigentlich?« fragte Neuenhofer.

»Czyporski. Manuela Czyporski. Können Ela zu mir sagen.«

»Neuenhofer. Thorsten Neuenhofer.«

Ela nickte. »Ich weiß. Wollen Sie meine Pizza noch essen? Ich bin satt.« Sie zündete sich eine Zigarette an.

»Gern, danke.« Neuenhofer aß die Pizza und sah Ela beim Fernsehen zu. So was hatte er wirklich noch nie erlebt. Vielleicht war die ja leicht autistisch.

»Was ist eigentlich mit Ihrem Freund? Kommt der heute abend noch?«

»Der kann erst um zehn, der hat Training.«

»Kann ich noch eine Zigarette haben?«

»Klar.«

»Was machen Sie denn so beruflich?«

»Ich bin Friseurin.«

»Ach, ist ja interessant.«

»Na ja, geht so.«

»Ich bin ja nicht gerade der optimale Kunde«, sagte Neuenhofer und fuhr sich mit der Hand über sein kurzgeschnittenes Stoppelhaar.

»Find ich aber gut. Sehen Sie doch fast wie Bruce Willis mit aus«, sagte Ela.

»Jetzt übertreiben Sie mal nicht.«

»Nee, vom Typ her. Gefällt mir echt gut.«

Sie legte eine Hand auf seinen Oberschenkel und konzentrierte sich dabei voll und ganz auf ›Marienhof‹. Neuenhofer wußte nicht, wie er reagieren sollte. Er war einfach überrascht. Sie war nicht ganz sein Typ, und sie war auch irgendwie ein bißchen merkwürdig, aber die Hand auf seinem Oberschenkel war ihm nicht gerade unangenehm. Einfach mal abwarten, wie sich das jetzt weiterentwickelte. Sie nahm die Hand wieder weg und zündete sich eine weitere Zigarette an. Dann schaltete sie mit der Fernbedienung auf RTL um, wo gerade ein Werbeblock lief.

»Gleich kommt ›Explosiv‹, sagte sie. »Oder wollen Sie lieber die ›Simpsons‹ auf Pro 7 gucken?«

»›Explosiv‹ ist schon okay«, sagte Neuenhofer.

»Ist auch ganz praktisch. Danach kommt direkt ›Gute Zeiten, schlechte Zeiten‹.«

Sie legte die Hand wieder an die gleiche Stelle. Er legte seine Hand auf ihre. Sie drückte leicht seinen Schenkel. Aber mehr passierte nicht. Beim nächsten Werbeblock zog sie ihre Hand wieder weg, um die nächste Zigarette anzuzünden. Dann war die Hand wieder an der alten Stelle, und Neuenhofer legte seine drauf. Er schob ihre Hand nach oben und legte sie zwischen seine Beine. Sie starrte weiter rauchend in die Glotze, als würde sie nichts davon mitbekommen, daß ihre Hand eine blitzartige Erektion verursachte. Dann drehte sie sich auf einmal doch zu ihm um.

»Das Sofa da kann man aufklappen. Aber bis Viertel nach acht müssen wir fertig sein.«

»Ich denk, dein Freund kommt erst um zehn.«

»Nich deshalb«, sagte Ela, »um Viertel nach acht kommt ›Akte X‹.«

Neuenhofer kam gleichzeitig mit der Abspannmusik von »Gute Zeiten, schlechte Zeiten«. Ela stieg von ihm herunter und gab die Sicht auf die Eingangstür frei, in der Kevin stand und ihn vorwurfsvoll ansah.

»Anziehen und raus hier«, sagte er zu Ela. »Wir sprechen uns noch.«

»Tut mir leid, das wollte ich nicht«, sagte Neuenhofer.

»Sah aber ganz anders aus.«

»Hören Sie, ich befinde mich in einer Ausnahmesituation, ich weiß nicht, was ich tue, das hat sich einfach so ergeben.«

»Bei Ela ergibt sich das immer einfach so. Aber man muß ja nicht alles mitmachen. Das krieg ich echt nicht auf die Kette. Ich verstecke Sie hier, ich beschütze Sie, wir sind Geschäftsfreunde, und Sie vögeln hinter meinem Rücken meine Freundin.«

Kevin sah Ela wütend an, deren Kopf gerade in ihrem Pullover verschwand. »Los, komm endlich in die Gänge.« Als ihr Kopf wieder auftauchte, warf Kevin ihr die Lederjacke darüber. »Die kannste draußen anziehen. Hau ab jetzt.«

Wortlos und ohne einen Blick für Neuenhofer verließ sie die Laube.

Kevin zündete sich eine Zigarette an. »Jetzt mal ganz ehrlich. Ela ist ein Zombie. Haste ja wohl selbst gemerkt. Aber die hat ihre Qualitäten. Waste ja, wie ich gesehen habe, auch gemerkt hast. Das war echt scheiße von dir. Ich müßte dir eigentlich die Fresse vollhauen. Würde ich eigentlich wirklich auch gern machen. Aber gut. Haste selbst gesagt. Bist in einer Ausnahmesituation. Behauptest du zumindest. Trauen kann man dir jedenfalls nicht. Du hast Leute um viel Geld beschissen. Und du vögelst offenbar auch die Frauen von anderen Männern. Also von daher würd ich sagen, vergessen wir die ganze Sache. Ich fahr dich zurück in deine Bude, und dann kannst du gucken, wie du allein klar kommst.«

»Mensch Kevin, das kannst du mir nicht antun. Ich brauch dich jetzt. Ich mach das wieder gut, glaub mir.«

»So was kann man nicht wieder gutmachen.«

»Jetzt hör mal zu. Es stimmt, ich hab Leute beschissen. Aber jetzt ist jemand hinter mir her und will zwei Millionen Mark. Zuerst waren es zwei Russen, die mich in der Kö-Galerie kidnappen wollten. Ich konnte ihnen Gott sei Dank entkommen. Danach hab ich euch engagiert. Zur Polizei kann ich ja nun kaum gehen. Aber jetzt ruft ständig so ein Typ an, der mir wirklich Angst macht. Er will zwei Millionen Mark von mir.«

»Einer, den du beschissen hast?«

»Nein, er arbeitet für jemand, den ich ... jedenfalls, der scheint so was hauptberuflich zu machen, ein Geldeintreiber. Du weißt, wie solche Leute sind.«

»Und was hab ich damit zu tun?«

»Ich hab keine zwei Millionen mehr. Ich hab noch dreihunderttausend. Aber ich geb dir die Hälfte davon, wenn du mir hilfst.«

»Und was für 'ne Hilfe soll das sein?«

»Der Typ soll mich in Ruhe lassen. Für immer. Das mußt du ihm klarmachen. Mir ist egal, wie. Aber schaff ihn mir vom Hals.«

33.

Tim hatte nicht auf dem Hochbett schlafen müssen. Sie hatten sich sogar auf dem schmalen französischen Bett aneinandergekuschelt. Aber mehr war nicht passiert. Er hatte genau richtig gehandelt. So was brauchte Zeit. Nichts überstürzen. Um so schöner wurde es dann nachher.

Als Gloria unter die Dusche ging, rief er Charly an und sagte ihm, daß er mitmachen würde, man aber noch mal über das Honorar reden müsse. Charlys Stimme hatte daraufhin nicht mehr so begeistert geklungen. Er mußte aufpassen, daß er den Bogen nicht überspannte.

»Ich soll in einer halben Stunde bei ihm zu Hause sein«, sagte Tim, als Gloria in ein Badetuch gewickelt aus der Dusche kam. »Er hat gesagt, über das Honorar könnten wir noch reden.«

»Na also«, sagte Gloria. »Wenn er so scharf darauf ist, dann wird er auch zahlen. Du darfst dich nicht unter Wert verkaufen, Tim. Zehn Prozent vom Anteil müssen drin sein. Als Basis. Er muß dich auch noch am Umsatz beteiligen. Stell dir vor, das wird ein Bestseller? Kann ja gut sein. Die Autobiographie eines Geldeintreibers. Ist doch kraß. Da wird der stinkreich, und du gehst mit ein paar Mark nach Hause. Bleib bloß hart. Der braucht dich. Nicht du ihn.«

Glorias Augen leuchteten kampflustig. Tim hatte Lust, ihr das Badehandtuch runterzureißen und sie aufs Bett zu werfen. Aber er beherrschte sich natürlich. Jetzt nichts Vorschnelles tun und alles verderben.

*

Gloria wußte nicht, ob sie enttäuscht oder erfreut sein sollte. Tim war ja schon wirklich süß. Aber ihr eigentlich zu passiv.

Sie hatte gestern abend gleich gemerkt, daß er ziemlich schüchtern war, und hatte die Nummer mit dem Zimmer-Code erfunden, um der Sache ein bißchen nachzuhelfen. Nicht weil sie es unbedingt wollte. Eher aus einer Laune heraus, weil sie Lust hatte zu sehen, wohin das führen würde. Weit hatte es nicht geführt, und das war auch gut so. Aber als sie eben aus dem Bad gekommen war, hatte sie gemerkt, daß Tim drauf und dran war, die Initiative zu ergreifen. Es paßte zu ihm, daß er es dann doch nicht getan hatte. Sie war gespannt, wie das jetzt weiterging. Nicht nur das zwischen ihr und Tim. Sie mußte diesen Charly kennenlernen. Wenn diese irre Geschichte, die ihr Tim erzählt hatte, wirklich wahr war, mußte sie dabei sein. Und das nicht nur, um neue Erfahrungen zu machen. Es war auch eine Chance. Die Chance, auf einen Schlag ihre verdammten Schulden loszuwerden.

34.

Charly wohnte in der Martinstraße in Bilk. Das Haus lag in einem Hinterhof, in dem sich außerdem noch ein Grafisches Atelier und ein Copyshop befanden. Tim stellte seinen klapprigen Käfer neben Charlys glänzendem Ferrari ab, der hier ziemlich fehl am Platz wirkte. Gloria stieg aus und sah sich um. Ein Haus mit drei Etagen, aber nur einer Klingel, offenbar wohnte Charly dort allein. Tim holte sie ein und klingelte. Charly öffnete sofort die Tür, als hätte er dahintergestanden und auf sie gewartet. Er war gut einsneunzig groß und hatte die Figur eines Türstehers. Aber Türsteher trugen nicht solche Anzüge. Gloria tippte auf Prada.

Der Mann verstand es, sich anzuziehen. Und er hatte ein

richtig gutes Gesicht. Nicht gerade schön, aber ein interessanter Typ. Das Ungewöhnlichste an ihm waren die Augen. Sie wirkten nicht wie die Augen eines Menschen. Sie erinnerten sie an die Augen eines Huskys, den eine Kollegin mal in die Agentur mitgebracht hatte. Ein ganz intensives, aber eiskalt wirkendes Blau. Die Augen lächelten nicht mit, als er sie begrüßte. Sie blieben starr und wölfisch.

»Kommt rein«, sagte er und trat einen Schritt zurück.

Gloria war überrascht. So schäbig das Haus von außen aussah, so elegant und teuer war es innen. Es sah aus, als wäre da jemand mit sehr viel Geld durch das »Magazin« in der Kasernenstraße gegangen und hätte alles eingekauft, was als Designklassiker galt. Die typische Wohnung eines Architekten oder Creative Directors, nicht unbedingt die eines Typen, der vom Geldeintreiben lebte.

»Das ist Gloria«, sagte Tim. »Sie schreibt auch. Ich würde gern mit ihr im Team arbeiten, wenn du nichts dagegen hast.«

»Tatsächlich. Und was schreibt sie so?«

»Sie ist Werbetexterin.«

»Ich kann sogar selbst sprechen«, sagte Gloria.

Charly zog an einer Zigarre und musterte Gloria von oben bis unten. Aber er sprach immer noch mit Tim.

»Ich versteh nicht ganz, wieso du Hilfe beim Schreiben brauchst. Entweder schreibst du oder du schreibst nicht, oder?«

»Du willst das Buch doch sicher so schnell wie möglich, stimmt's?« sagte Tim. »Ich bin ein ziemlich langsamer Schreiber, und wenn du die Sache mit Neuenhofer drinhaben willst, dann sollte das Buch schnell erscheinen, um aktuell zu bleiben. Deshalb Gloria.«

»Aber was hat 'ne Werbetexterin mit 'ner Biographie zu tun? Mal ganz abgesehen davon, daß mich Werbung absolut nervt.«

»Mich auch«, sagte Gloria. »Deshalb will ich damit auch aufhören und was anderes machen.«

Charly sah sie zum ersten Mal direkt an. Seine Augen waren jetzt nicht mehr ganz so kalt und ausdruckslos. Sie schienen sich ein kleines amüsiertes Funkeln zu gestatten.

»Na gut«, sagte Charly. »Meinetwegen. Aber was das Honorar betrifft, das mußt du mit Tim verhandeln. Ich zahle nicht mehr als ausgemacht.«

»Darüber wollte ich auch noch mal mit dir reden«, sagte Tim. »Wenn ich oder wenn wir dich bei deinem Job begleiten sollen, dann ist das wesentlich mehr Arbeit als gewöhnlich. Deshalb fände ich es angemessen, wenn du uns irgendwie beteiligst.«

»Und wie hast du dir das vorgestellt?«

»Zehn Prozent von dem Honorar, das du für die Neuenhofer-Sache kriegst.«

»Das wären hunderttausend Mark. Wir haben mit fünfundzwanzig Riesen angefangen, und ich hab bereits freiwillig auf fünfzig verdoppelt. Und jetzt willst du schon wieder verdoppeln. Wie schon gesagt, du kannst gern mit jemand zusammenarbeiten, aber ich zahle deshalb auf keinen Fall mehr.«

»Mal ehrlich«, sagte Gloria, »so ein Buch hat doch Bestseller-Potential. Das Geld kannst du locker wieder reinholen.«

»Wie kannst du dir da so sicher sein?« fragte Charly.

»So was hat's bisher noch nie gegeben«, sagte Gloria. »Das interessiert die Leute. Das ist fast so, als würde Don Corleone ein Buch über sein Leben schreiben.«

»Einschleimen funktioniert bei mir nicht«, sagte Charly. »Auch wenn du natürlich recht hast. So ungefähr hab ich mir das nämlich auch vorgestellt. Aus meinem Buch sollte man was lernen können. Jeder Mann, der den ›Paten‹ im Kino gesehen hat, weiß, wie ein richtiger Mann sich zu verhalten hat. Genauso sehe ich meine Biographie.«

»Genau das meint Gloria ja«, sagte Tim.

»Ich mach euch einen Gegenvorschlag. Ihr kriegt zehn Prozent von meinen Tantiemen. Wenn das Buch ein Bestseller wird, und ihr habt ja dann durch eure Arbeit dazu beigetragen, profitiert ihr davon. Und wenn es keiner wird, dann habt ihr Pech gehabt und bekommt nur das Basishonorar. Das sind immerhin fünfundzwanzigtausend Mark für jeden von euch. Oder wie auch immer ihr das aufteilen wollt.«

Tim sah Gloria fragend an. Anscheinend wollte er, daß sie mit Charly verhandelte. Wenn sie jetzt hartnäckig blieb, bestand die Gefahr, daß sie den Job überhaupt nicht bekam. Sie hatte sich den Mann anders vorgestellt, als Tim von ihm erzählte. Einfacher gestrickt. Der reale Charly wirkte nicht so, als würde er sich auf weiteres Feilschen einlassen. Es war wichtig, jetzt erst einmal einen Fuß in der Tür zu haben. Alles andere würde sich ergeben.

»Na gut«, sagte Gloria. »Ich bin sicher, daß es ein Bestseller wird.«

Charly grinste. »Dein Wort in Gottes Ohr.«

»Und wie geht's jetzt weiter?«

»Ich hab meine Gespräche mit Neuenhofer mitgeschnitten«, sagte Charly. »Ich glaube, die solltet ihr ungekürzt ins Buch nehmen. Die Leute sollen schließlich wissen, was ich den Leuten erzähle, damit sie das Geld abdrücken. Ist vielleicht manchmal ein bißchen eintönig. Aber ich hab gemerkt, daß es sehr gut wirkt, wenn man sich ein paarmal wiederholt und die Leute immer wieder mit Namen anspricht. Das macht es geschäftsmäßiger, und wahrscheinlich nehmen sie die Drohung deshalb ernster. Könnt ihr euch in meinem Büro anhören. Da liegen auch noch ein paar Sachen, die ich in den letzten Jahren aufgeschrieben hab. Was ich da so alles gemacht habe. Müßt ihr euch einfach mal anschauen, ob ihr da was mit anfangen könnt. Ihr könnt auch hier im Haus wohnen, wenn ihr wollt. Ich hab zwei Gästezimmer im Souterrain. Das ist doch sehr gut, wenn wir während der Neuenhofer-Aktion ständig zusammen sind, da entgeht euch wenigstens nichts.«

»Klingt ganz vernünftig«, sagte Gloria.

»Find ich auch«, sagte Tim.

»Und was weißt du jetzt alles über diesen Neuenhofer?« fragte Gloria.

»Ein Yuppie-Betrüger. Dreist, frech, aber lang nicht so clever, wie er denkt. Er hat nicht viel gesagt am Telefon, aber ich hab ein Gespür für so was. Er hat eine grauenhafte Angst vor Schmerzen aller Art.«

»Vor Schmerzen hat ja wohl jeder Angst«, sagte Gloria.

»Bei dem ist das mehr«, sagte Charly. »Glaub mir das. Angst ist mein Geschäft. So was spüre ich. Ich würd mich nicht wundern, wenn er sich vor Angst in die Hose gemacht hat. Da wäre er nicht der erste.«

»Aber wo er jetzt ist, weißt du nicht«, sagte Tim.

»Das ist nur eine Frage der Zeit.«

»Wieso verläßt er eigentlich nicht einfach das Land?« fragte Gloria.

»Wenn er das könnte, hätte er das längst getan. Irgendwas hält ihn hier. Und ich glaub, was ihn hier hält, ist sein Geld. Wenn er das ins Ausland geschafft hätte, wär er schon längst weg. Also muß er es hier irgendwo gebunkert haben. Und entweder kommt er im Moment nicht dran. Oder er hat Angst, dabei erwischt zu werden. Aber das wird er mir schon alles erzählen, wenn ich ihn gefunden habe.«

35.

Keks hatte sich in einem Kaiser's auf der Luegallee mit mehreren Prinzenrollen eingedeckt und war dann noch auf einen Milchkaffee ins »Muggel« gegangen, um darüber nachzudenken, wie er heil aus dieser Sache herauskam. Aber ihm war nichts Vernünftiges eingefallen. Als er wieder in Johns Wohnung zurückkam, saß der auf einem Hocker an der Küchentheke, hatte die blau leuchtende Brille auf und bewegte seine Lippen. Keks konnte es einfach nicht fassen. Seitdem diese Scheiße in der Jagdhütte passiert war, saß John praktisch unentwegt in der Küche und sah sich mit diesem verdammten DVD-Player Tarantino-Filme an. Was ja weiter nicht schlimm gewesen wäre, wenn er sich diesen Driss ganz normal in einem Fernsehgerät reingezogen hätte. Aber nein, er benutzte immer diesen DVD-Player, um die scheiß blaue Brille aufzusetzen, in der er die Filme sehen konnte. Und das Schlimmste war, daß er dabei immer die Dialoge mitmurmelte. Genauso wie diese Idioten, die ihre Lippen bewegten, wenn sie Zeitung lasen. Keks gab ihm regelmäßig kleinere Mengen Koks, um ihn weiter funktionieren zu lassen, aber nie genug, um wieder zu seiner alten unberechenbaren Form aufzulaufen. Und das alles eigentlich auch nur, um Zeit zu schinden. Keks wußte einfach nicht, was er mit John machen sollte. Der Mann war ein verdammtes Risiko. Aber er konnte ihn schließlich nicht ewig bemuttern. Es hatte schon ein sehr unangenehmes Telefongespräch gegeben. Der Partner des Großhändlers hatte wissen wollen, was da schiefgelaufen war. Keks hatte gesagt, es seien drei maskierte Typen gewesen. Auf die Frage, wieso er die Sache überlebt habe, hatte er gesagt, die Typen hätten ihm gesagt, er solle seinen Leuten sagen, sie sollten sich aus dem Geschäft zurückziehen. Und zwar mit einem slawischen Akzent. Fürs erste hatten sie ihm das abgenommen. Aber er war sicher, daß die Sache noch nicht zu Ende war. Er hatte Angst davor, daß John irgendwann anfing, darüber rumzulabern.

John setzte die Brille ab und schenkte sich einen Vodka ein. Erst dann bemerkte er Keks.

»Hab gar nicht damit gerechnet, daß du schon wieder da bist.«

Keks grinste. »Weißt du, was du mir mal beim Hallenfußball in der Handelsschule gesagt hast? Da hab ich 'nen Ball nicht gekriegt, und du warst sauer, und du hast gerufen, Mensch Keks, das mußt du doch berechnen können, und ich dachte, daß du immer 'ne Sechs in Mathe hattest, und mußte lachen. Du und berechnen!«

John sah Keks mit offenem Mund an. »Kann ich mich nicht mehr dran erinnern.«

Keks boxte ihn freundschaftlich gegen den Arm. »Ist ja auch verdammt lang her.« Und er wünschte sich, er könnte die Zeit zurückdrehen und wäre wieder mit John in dieser langweiligen Handelsschule und könnte sein Leben noch mal auf Anfang stellen.

36.

Es sah aus, als würde es bald schon wieder regnen, und eigentlich war der Wagen auch gar nicht besonders schmutzig, aber Jürgen Coenen machte es total nervös, daß Kevin die ganze Zeit wie Falschgeld im Büro herumlief und ihm anscheinend etwas sagen wollte, sich aber nicht traute, damit herauszurücken. Wahrscheinlich wollte er mehr Gehalt. Er würde ihm zweihundert anbieten. Aber erst ab Januar nächsten Jahres. Also ging er raus, holte den Jaguar aus der Garage und fing an, ihn abzuspritzen. Aber es nutzte nichts. Eine Minute später kam auch Kevin raus und stellte sich neben ihn.

»Also wat haste auf'm Herzen, Kevin?« fragte Coenen. »Irgendwas ist doch los.«

Kevin seufzte und spuckte es dann endlich aus. »Tut mir leid, Jürgen«, sagte er. »Ich weiß, ich hab dir viel zu verdanken und alles, aber wenn die Gelegenheit da ist, dann muß man die sich greifen, ne? Mußt du doch am besten verstehen, haste doch auch mal so gemacht. Also, ich muß leider kündigen.«

Das kam jetzt allerdings etwas plötzlich. Aber Coenen wollte sich nichts anmerken lassen. Typen wie Kevin gab es zwar nicht wie Sand am Meer, aber er war durchaus ersetzbar. Muskeln und gute Reflexe waren nun mal nicht alles.

»Und darf ich erfahren, wo du hingehst?« fragte er, während er mit dem Gartenschlauch den Schaum vom Jaguar abspritzte.

»Nirgendwohin. Ich mach mich selbständig«, sagte Kevin.

Coenen drehte das Wasser ab. Das war einfach nicht wahr. »*Du* machst dich selbständig? Wie willste das denn machen?«

»Wirste schon sehen«, sagte Kevin.

»Bin ich ja mal gespannt. Denk erst gar nicht dran, mir irgendwelche Kunden abzuwerben, dann kriegste mächtig Ärger, klar?«

»Hey, jetzt reg dich mal nicht auf, ja? Hätt ich dir gar nicht sagen müssen, dann hättste es eben von jemand anderem erfahren. Dachte, wir könnten ehrlich miteinander sein.«

»Hör mal, Kevin, mich machste nich voll Farbe, ja? Meinste etwa, ich glaub dir die Nummer mit dem Neuenhofer? Du steckst doch mit dem unter einer Decke. Von wegen zum Flughafen! Meinste, der Yücsel hat nix gemerkt, daß du ständig mit dem gequatscht hast? Ich mach 'ne Wette, der Neuenhofer ist dein erster Kunde, und der gibt dir auch die Kohle für den Laden. Dann kriegste aber Spaß. Der Mann ist ein Betrüger, falls dir dat nich klar ist. Ich hab mir jedenfalls 'nen satten Vorschuß zahlen lassen.«

»Mach dir mal keine Sorgen. Damit komm ich schon klar.«

»Na ja, du mußt wissen, was du tust. Stimmt schon, ich hab auch mal so angefangen wie du. Werd dich vermissen, warst immer ein guter Mann. Meinetwegen kannste auch unbezahlten Urlaub haben. Ich will dich nicht aufhalten, wenn du auf eigenen Füßen stehen willst. Nur einen Gefallen mußte mir noch tun.«

»Kein Thema, Boss«, sagte Kevin.

Coenen warf Kevin ein Ledertuch zu, und der fing es instinktiv auf.

»Nur einmal noch den Jaguar abledern, Kevin. Dat kann keiner so gut wie du. Und danach trinken wir einen. Auf deinen Erfolg.«

Und die dumme Sau in ihren nachgemachten Boss-Klamotten aus der Türkei fing tatsächlich an, die Karre abzuledern. Coenen zündete sich ein Zigarillo an. Es war nicht zu fassen. Selbständig. Der.

37.

Neuenhofer schaltete sein Handy ein und wählte die Nummer des Pizzataxis. Dem konnte er ruhig die Adresse geben, der Typ mußte diskret sein, wenn er seine Kunden behalten wollte. Nachdem er das erledigt hatte, bekam er ein Signal von seiner Mailbox. Er überlegte, ob er sie abhören sollte. Womöglich hatte dieser Irre wieder angerufen. Das mußte er sich jetzt wirklich nicht antun. Höchstens, wenn Kevin wieder da war. Der sollte sich diese Stimme auch mal anhören. Der Typ hatte keinen Akzent. Aber nicht nur deshalb zweifelte Neuenhofer daran, daß er etwas mit den Russen aus der Kö-Galerie zu tun hatte. Das lief zweigleisig. Der Typ hatte von Waltersheim als Auftraggeber genannt, und dem hatte er tatsächlich zwei Millionen abgeknöpft. Alle anderen Kunden hatten wesentlich weniger Kapital eingeschossen, und ihnen war auch wirklich nicht zuzutrauen, daß sie ihm russische Geldeintreiber auf den Hals hetzten. Von Waltersheim mußte die Russen nach dem Desaster in der Kö-Galerie abgezogen haben. Kevin mußte ihn von diesem Typen mit der Heckenschere befreien. Aber was, wenn von Waltersheim dann wieder zu den Russen ging? Der war offenbar tierisch sauer. Denn was waren für den schon zwei Millionen Mark? Dem ging's ums Prinzip. Und da konnte man nicht mehr argumentieren. Das Problem war von Waltersheim selbst. Aber er konnte von Waltersheim unmöglich das Geld zurückgeben. Was blieb dann noch groß für ihn selbst übrig?

38.

Es war kurz vor zweiundzwanzig Uhr. Er saß jetzt seit zwei Stunden im Auto und beobachtete das Haus des Dealers. Ein schäbiges Gebäude in einer schäbigen Straße in Oberbilk. Warten war eine Kunst, die er absolut beherrschte. Aber das Warten würde ihn irgendwann umbringen, wenn er nicht aufhörte, dabei zu rauchen. Alexej zerknüllte die Marlboro-Schachtel und warf sie auf den Beifahrersitz. Er hatte das Seitenfenster heruntergelassen, aber trotzdem war der Gestank im Auto unerträglich. Er mußte etwas tun. Jeden Morgen lief er zehn Kilometer in vierzig Minuten ohne irgendwelche Beschwerden. Dann duschte er, trank eine Tasse Kaffee und rauchte eine Zigarette. Und danach gleich noch vier weitere. Erst wenn er fünf von den verdammten Dingern geraucht hatte, war er richtig da. Dann machte er eine halbe Stunde Pause, und dann rauchte er praktisch den ganzen Tag lang ohne Unterbrechung. Er ekelte sich vor sich selbst und konnte trotzdem nicht damit aufhören. So ging das nicht weiter. Er wollte nicht enden wie Vadim, der irgendwann beim Ersteigen einer dreistufigen Treppe zusammenbrechen würde. Im Krieg rauchte man nun mal. Jede Zigarette konnte die letzte sein. Aber er wollte sich nicht von den Zigaretten umbringen lassen, nachdem der Krieg für ihn längst vorbei war. Morgen feierte man hier St. Martin. Das Sinnbild des verdammten Sozialismus schlechthin. Ritter teilt Mantel mit Schwert, um frierendem Bettler zu helfen. Was für ein Schwachsinn. An St. Martin würde er endlich Schluß machen mit dem Rauchen.

Aber eben erst morgen. Er öffnete eine frische Packung und drückte den Zigarettenanzünder. Dann sah er das rote Pizzataxi. Das Warten hatte sich also mal wieder gelohnt. Der Wagen blieb in der zweiten Reihe stehen. Der Dealer stieg aus und ging ins Haus. Er hatte es offenbar ziemlich eilig. Nach wenigen Minuten kam er zurück, stieg wieder in sein Auto und fuhr los. Alexej fuhr ihm vorsichtig nach. Es wurde eine lange Fahrt. Die Kölner Straße entlang Richtung Wehrhahn, durch Pempelfort und Derendorf, über die Danziger Straße bis nach Kaiserswerth und dann weiter in Richtung Duisburg.

39.

Charlys Arbeitszimmer war genauso wie die anderen Räume bis ins Detail mit den Gegenständen eingerichtet, die man in Geschmackselitekreisen als *richtig* empfand. In einem Regal von U.S.M. Haller stand sogar der berühmte »Schneewittchensarg«, ein Kompaktplattenspieler aus den Fünfzigern, den der Designer Dieter Rams für die Firma Braun entworfen hatte und vor dem Tim geradezu vor Ehrfurcht in die Knie gesunken war. Männer und ihre Plattenspieler. Ein unerschöpfliches Thema. Charly hatte ihnen die Telefongespräche mit Neuenhofer vorgespielt und sie dann mit seinen Tagebüchern allein gelassen.

»Ganz schön strange, der Typ«, sagte Gloria. »Diese Telefongespräche waren echt kraß. Da würde ich auch mit allem rüberkommen.« Sie hatte einen riesigen Haufen von Schulheften vor sich liegen und blätterte in einem davon. »Eigentlich gar nicht so schlecht, die Tagebücher, abgesehen von der Grammatik.«

»Kann man wohl sagen«, sagte Tim, der auch eines der Hefte aufgeschlagen hatte. »Das liest sich irgendwie wie Nietzsche auf Speed.«

»Oder Machiavelli auf Marihuana.«

»Entweder ist er ziemlich genial oder ziemlich durchgeknallt.«

»Wahrscheinlich eine Mischung aus beidem«, sagte Gloria.

»Stell dir mal vor, du träumst jede Nacht so ein Zeug wie das hier. Das ist ja wie Kafka mit Illustrationen von Hieronymus Bosch. Da brauchst du einen Psychiater.«

»Oder du machst einen Beruf daraus und erzählst deine Träume säumigen Schuldnern. Und ich denke, genau das hat er gemacht. Er überträgt seine Ängste einfach auf andere. Das ist wirklich ein absolut interessanter Typ.«

»Es gibt was zu tun«, sagte Charly. »Kommt mit.«

Gloria sah erschrocken zur Tür. Sie merkte, daß sie rot wurde. Charly ließ sich nicht anmerken, ob er etwas von ihrem Gespräch mitbekommen hatte.

»Ich weiß, wo Neuenhofer ist.«

*

Sie fuhren mit Charlys Zweitwagen, einem unauffälligen alten Golf, den er in solchen Situationen immer benutzte, wie er ihnen erklärte.

»Neuenhofer hat wieder telefoniert«, sagte Charly. »Diesmal konnte man ihn lokalisieren.«

»Wie kriegst du denn so was raus?« fragte Gloria. »Hast du irgendwelche Peilanlagen oder so was?«

Charly grinste. »Nee, sicher nicht. Dafür hab ich meine Leute. Wer heute mit dem Handy unterwegs ist, ist überall lokalisierbar, wenn er das Gerät eingeschaltet hat. Ich hab jemand auf meiner Gehaltsliste, der bei Neuenhofers Provider arbeitet. So einfach ist das.«

»Hier wohnt doch von Waltersheim«, sagte Tim, als sie durch Wittlaer fuhren.

»Genau«, sagte Charly. »Neuenhofer ist ein richtiger Witzbold. Der ist höchstens einen Kilometer Luftlinie von von Waltersheim entfernt. Da hast du das reiche Düsseldorf, dann kommt ein bißchen Acker dazwischen, und auf einmal bist du in einem Duisburger Schrebergarten. Und genau da muß unser Mann sein.«

»Und was machen wir, wenn wir ihn finden?« fragte Tim.

»Ihr macht immer nur genau das, was ich euch sage«, sagte Charly.

40.

An der Kreuzung Wittlaer-Einbrungen bog das Pizzataxi links ab. Das war schon fast Ironie. Da hatte Alexej stundenlang in Oberbilk gewartet, und jetzt fuhr der Typ praktisch an seiner Wohnung vorbei. Sie fuhren die Bockumer Straße entlang durch Wittlaer, dann über eine kleine schmale Landstraße, und schließlich durch ein trostloses Kaff namens Serm, das bereits zu Duisburg gehörte. Am Ortsende überquerte das Pizzataxi die B 288, und im gleichen Moment schlug die Ampel auf Rot um. Alexej sah sich kurz um und bretterte mit Vollgas über die Kreuzung. Als er aus einer Kurve herausfuhr, sah er gerade noch, wie der Wagen in einen Feldweg abbog. Er bremste ab, schaltete die Scheinwerfer aus und fuhr im Schleichgang hinterher. Das Pizzataxi hielt vor einem großen Gartentor. Der Dealer stieg aus, öffnete das Tor und verschwand. Alexej ließ den Wagen am Straßenrand stehen und spurtete zum Feldweg. Ein Schrebergarten. Eine echt deutsche Spezialität. Alexej erinnerte sich, daß diese Kleingärten nach einem deutschen Arzt namens Schreber benannt waren. Der hatte nicht nur die Schrebergärten erfunden, sondern war gleichzeitig auch als berühmter Geisteskranker in den Werken diverser Psychologen aufgetaucht.

Zum Glück war es stockfinster in der Gartenanlage und Alexej brauchte sich nur auf die einzige Hütte zuzubewegen, in der Licht war. Er schlich sich lautlos heran und wartete darauf, daß der Dealer seine Lieferung abgab und sich wieder davonmachte. Das Objekt sollte sich ruhig noch etwas Koks reinziehen, bevor er es sich vornahm. Das würde die letzte angenehme Erinnerung in seinem Leben sein. Der Dealer selbst interessierte ihn nicht, solange er ihm nicht in die Quere kam.

Es ging sehr schnell, genau wie er es erwartet hatte. Nach

fünf Minuten verließ der Dealer die Gartenlaube und verschwand im Dunkeln. Alexej zog seine M61 aus der Jacke, entsicherte sie und klopfte an. Die Tür wurde sofort geöffnet. Thorsten Neuenhofer starrte ihn mit offenem Mund an. Dann spürte Alexej einen stechenden Schmerz im Hinterkopf und verlor das Bewußtsein.

41.

Neuenhofer begriff gar nichts mehr. Zuerst stand dieser blonde Riese mit einer ebenso riesigen Waffe in der Hand vor ihm, der wie ein Zwillingsbruder eines der Killer aussah, die ihn in der Kö-Galerie angegriffen hatten, und dann sackte der plötzlich zusammen und machte einem anderen Riesen Platz, der ebenfalls eine große Knarre in der Hand hielt, aber bestimmt zwanzig Jahre älter war als der Blonde und eine Glatze hatte.

»Schön, daß wir uns nun doch endlich persönlich kennenlernen«, sagte der Glatzkopf, und Neuenhofer wurde klar, daß die Situation nicht nur bizarr, sondern auch sehr unglücklich für ihn war. Er hatte gedacht, der blonde Riese sei der Mann mit der unheimlichen Stimme und der Glatzkopf sein Retter. Aber leider war das offenbar umgekehrt. Der Glatzkopf kam in die Hütte und trat dem blonden Riesen mit der Fußspitze in die Rippen. Der Riese stöhnte leise, bewegte sich aber nicht.

»Na dann kommen Sie mal mit, Herr Neuenhofer«, sagte der Glatzkopf.

Neuenhofer war starr vor Angst. Das war ein Alptraum. Dieses Monster mit der weichen Stimme trat auf ihn zu, und er wollte schreien und weglaufen, aber er brachte weder einen Ton heraus, noch konnte er sich auch nur einen Millimeter rühren.

»Los, Herr Neuenhofer«, sagte der Glatzkopf. »Worauf warten Sie denn noch?«

Neuenhofer spürte heiße Tränen über seine Wangen laufen. Es war ihm egal. Irgend etwas in ihm schaltete auf Autopilot. Er folgte schweigend den Anweisungen des Glatzkopfs, verließ mit ihm den Schrebergarten und setzte sich auf den Beifahrersitz eines alten VW-Golfs. Auf der Rückbank saßen ein Mann und eine Frau, die ihn anstarrten, aber nichts sagten. Neuenhofer beschloß, sofort mit der Wahrheit herauszurücken, wenn sie ihn fragten. Vielleicht ließen sie ihn dann laufen. Oder brachten ihn wenigstens sofort um, ohne ihn zu foltern.

42.

Keks' Bude sah grauenhaft aus. Der Typ hatte wirklich keinen Geschmack. Aber was sollte man auch von jemand erwarten, der Anzüge von H & M trug und in einem Glasscherbenviertel wie Oberbilk lebte. John kam sich vor wie in der Geschenkboutique eines Möbelhauses. Rundum nur der übelste Kitsch. Er legte seinen DVD-Player und die Glastron-Brille auf den Couchtisch im Wohnzimmer und machte sich dann auf die Suche nach dem Stoff. Er hatte kein schlechtes Gewissen. Keks war jetzt schon seit Stunden unterwegs, um seine Kundschaft zu beliefern, und bevor er wegging, hatte John ihn noch mal eindringlich darum gebeten, etwas Marschierpulver vorbeizubringen, und zwar schnell. Aber statt zuerst seinen guten alten Kumpel zu versorgen, machte der offenbar erst mal seine Runde bei den anderen. Also mußte er sich eben selbst drum kümmern. Glücklicherweise hatte er Keks die Wohnung vermittelt, und er besaß zu allen Wohnungen, die er vermittelt hatte, noch einen Schlüssel. Das war einfach so eine Macke von ihm. Die Vorstellung, heimlich in eine Wohnung einzudringen, fand er immer ziemlich geil. Er hatte es zwar noch niemals wirklich gemacht, aber er hatte es sich immer sehr gern vorgestellt. Zum Beispiel bei diesem Luder, dem er auch hier in Oberbilk eine Wohnung vermittelt hatte. Die würde das bestimmt scharf finden, wenn er plötzlich in ihrem Schlafzimmer stand. Aber das war ja auch egal. Jetzt war er jedenfalls bei Keks und filzte die Schubladen. Der konnte ja unmöglich mit seinem kompletten Koks-Vorrat unterwegs sein. Irgendwo mußte er ein Versteck haben. Er öffnete die Klapptür des fürchterlichen Wohnzimmerschranks. Darin war eine kleine verspiegelte Bar. Kein Koks, aber diverse Alkoholika. John schenkte sich ein großes Glas Jack Daniels ein und setzte sich damit aufs Sofa. Er hatte zu Hause schon einiges getrunken und war lieber mit dem Taxi hierhergefahren. Der Taxifahrer hatte ganz schön dämlich geguckt, als er sich während der Fahrt mit dem DVD-Player und der geilen blauen Brille »Pulp Fiction« reingezogen hatte. Er wollte jetzt erst mal ein bißchen weiterglotzen und dabei Jack Daniels trinken. Vielleicht kam ihm dabei eine Idee, wo Keks, dieser Arsch, sein Koks versteckt haben könnte. Jetzt kam diese scharfe Szene, wo Samuel Jackson und John Travolta in die Bude von diesen kleinen Möchtegerngangstern kamen, die Marcellus Wallace beschissen hatten, und Jackson fragte den kleinen Fuck, was für einen Hamburger er da habe und ob er mal probieren könne. Das war so unheimlich cool …

John stoppte die DVD und nahm die Brille ab. Irgendwie stimmten die Farben nicht. Keks hatte total grelles Licht hier.

John machte das Licht aus, setzte sich die Brille wieder auf und drückte auf Start. Genau, jetzt war es wieder genau so, wie es sein sollte.

*

Alexej hatte gelernt, Emotionen zu unterdrücken. Aber trotzdem: Er hatte sich von einem kleinen Koksdealer hereinlegen lassen. Der Typ mußte gemerkt haben, daß er verfolgt wurde. Und er arbeitete mit Neuenhofer zusammen. Er hatte ihn niedergeschlagen und war mit Neuenhofer abgehauen. Schlimmer hätte es nicht kommen können. Dieser verdammte Dealer würde jetzt mit Sicherheit nicht in seiner Wohnung sein. Aber in seiner Wohnung befand sich vielleicht ein Hinweis, wo man ihn finden konnte. Andere Möglichkeiten hatte Alexej im Moment nicht.

Das Haustürschloß bereitet keine Probleme. Alexej stieg lautlos die Treppen zur dritten Etage hoch, ortete die Tür zu der Wohnung, in der vorhin das Licht angegangen war, als der Dealer kurz hochgegangen war, und legte sein Ohr daran. Nichts.

Die Wohnungstür machte so wenig Schwierigkeiten wie die Haustür. Alexej öffnete sie vorsichtig. Die Wohnung lag im Dunkeln. Er schloß die Tür geräuschlos hinter sich und zog die M61 heraus, die ihm der Dealer nicht einmal abgenommen hatte. Entweder hatte er es eilig gehabt, oder er war einfach nur dämlich. Das würde er bald herausfinden. Alexej tastete sich mit der linken Hand an der Wand entlang, in der rechten hielt er die Waffe. Der Flur machte eine Biegung. Alexej sah plötzlich ein merkwürdiges blaues Licht. Instinktiv gab er einen Schuß darauf ab. Er hörte das gedämpfte »Plopp« der Waffe, und das blaue Licht verschwand.

Er suchte und fand den Lichtschalter. Über dem Sofa befand sich ein großer roter Fleck an der Wand. Auf dem Boden vor dem Sofa lag ein Mann. Er trug einen schwarzen Anzug, ein weißes Hemd und eine sehr schmale schwarze Krawatte. Die rechte Hälfte seines Gesichts war verschwunden. Überall lagen glitzernde kleine blaue Glassplitter herum. Die linke Gesichtshälfte hatte Alexej schon mal irgendwo gesehen. Aber das war weder der Dealer noch Neuenhofer.

43.

»Wie, der ist weg?« sagte Ela. Sie sah wütend auf das Fernsehgerät, das Kevin ausgeschaltet hatte.

»Weg ist weg. Oder wie?« sagte Kevin.

»Ja und wat jetzt?«

»Ja wie und wat jetzt? Weiß ich doch nich.«

»Dat weißte nich?«

»Nee, weiß ich nich. Sag ich doch. Muß ich erst mal überlegen.«

»Mußte erst mal überlegen.«

»Weißte wat Besseres?«

»Red nicht so mit mir. Ich hab schließlich die Drecksarbeit gemacht. Du hast nich mit dem gefickt.«

»Wat?«

»Wer hat denn mit dem Dicken gefickt? Du oder ich? War doch dein toller Plan, den zu erwischen mit mir und dem Druck zu machen, oder wat? Und jetzt isser weg. Na toll.«

Kevin hätte Ela am liebsten eine Ohrfeige verpaßt, beherrschte sich aber.

»Anscheinend ist der cleverer als du, Kevin. Und besser ficken tut er auch«, sagte Ela, griff sich die Fernbedienung und schaltete das Fernsehgerät wieder an.

»Dat glaub ich jetzt nich«, sagte Kevin.
»Hab ich auch nich geglaubt, war aber so.«
»Dann hau doch ab und guck, datte die dicke Sau findest.«
»Dat würd dir so passen.«
»Weißte wat, Ela, mir wird dat in letzter Zeit immer klarer, du bist einfach nicht mein Niveau. Wir passen nicht zusammen.«
»Schön, dat du dat auch langsam merkst.«
»Dat mußt du gerade sagen. Wenn ich abends nach Hause komme, sitzt du vor der Glotze und rauchst. Und wenn ich dir irgendwat erzähle, also irgendwat von meinem Job, oder irgendwat, wat mir wichtig ist, dann seh ich doch immer ganz genau, dat du mehr an der Glotze interessiert bist als an mir.«
»Dann würd ich mich an deiner Stelle mal fragen, warum dat so ist.«
»Sach mal, an deiner Stelle würd ich mir mal überlegen, wo du wärst jetzt, wenn du mich nicht hättest, ja, dann würdest du immer noch irgendwo in Duisburg-Rheinhausen wohnen und wärst mit irgendsom arbeitslosen Loser zusammen und hättest zwei Pänzen und würdest von der Stütze leben, so sieht dat doch aus.«
»Weißte wat, Kevin, leck mich doch.«
»Nee, da hab ich bessere Angebote.«
»Dann fick dich doch ins Knie, Mensch.«
»Gute Idee. Mein Knie redet wenigstens keinen Scheiß.«

44.

Neuenhofer lag regungslos auf der Pritsche in dem ansonsten unmöblierten und fensterlosen Kellerraum und starrte an die gegenüberliegende Wand, die voller Blutflecke war.

»Sieht ziemlich grausig aus, was?« sagte Charly. »Aber die Flecken da, das ist kein Menschenblut, euch kann ich es ja sagen. Ich kenn da jemand im Schlachthof. Also wenn ihr mal von einem Vampir gebissen werden solltet, einfach Charly fragen, der besorgt euch immer was Leckeres zu trinken.«

»Gut zu wissen«, sagte Gloria. »So langsam geht mir das hier nämlich ein bißchen zu weit.«

Gloria sprach genau das aus, was Tim dachte. Er war überrascht, wie schnell das alles plötzlich ging. Erst beobachtete er Charly bei der Arbeit. Und jetzt sollte er auf einmal Neuenhofer selbst in dessen Zelle beobachten. Wohl fühlte er sich dabei jedenfalls ganz und gar nicht.

»Ich hab mir das auch nicht so vorgestellt«, sagte er.

»Jetzt habt euch mal nicht so«, sagte Charly. »Bis morgen vormittag überlassen wir den Mann ganz seiner Phantasie. Der sieht schon ziemlich mitgenommen aus. Scheint auch ein kleines Drogenproblem zu haben, wenn ich mich nicht allzusehr täusche. Aber wir dürfen ihn nicht aus den Augen lassen. Jeder von uns sitzt abwechselnd zwei Stunden vor dem Monitor. Der könnte versuchen, sich was zu tun. Und das wollen wir ja nicht.«

»Womit sollte er das machen?« fragte Tim. »Er ist nackt.«

»Er könnte zum Beispiel mit dem Kopf gegen die Wand laufen. So was kann schon mal vorgekommen. Du fängst an, okay? Wenn er unruhig wird, dann gibst du sofort Alarm.«

»Okay, ich wollte immer schon mal zwei Stunden lang 'nen dicken nackten Mann anschauen. Man gönnt sich ja sonst nichts.«

Neuenhofer war zwar ziemlich dick, aber nicht der wabbelige Typ. Eher so einer wie Dirk Bach. Kugelrund, aber irgendwie fest. Jetzt stand er auf und pinkelte in das kleine Waschbecken. Neuenhofer tat Tim leid. Er hoffte sehr, daß er kooperierte.

Er hatte sich bisher noch keine Gedanken darüber gemacht, wie er sich verhalten würde, sollte Charly tatsächlich Gewalt anwenden. Das konnte er nicht zulassen. Aber wie würde Charly reagieren, wenn er sich ihm in den Weg stellte? Und das würde er tun müssen. Allein wegen Gloria. Die erwartete so was bestimmt von ihm.

Er dachte an Salzmann. Seinetwegen machte er das Ganze hier doch überhaupt. Der hätte eine solche Behandlung eher verdient. Hoch verdient sogar. Wie der ihn über Wochen mit seinen aufgeblasenen Tiraden gequält und sein langweiliges Leben vor ihm breitgetreten hatte. Salzmann würde er wirklich gern mal für eine Nacht eine Heidenangst einjagen. Aber körperliche Gewalt? Ganz real? Dafür war er einfach nicht der Typ.

Neuenhofer legte sich wieder auf die Pritsche und drehte der Kamera den Rücken zu, der ziemlich häßlich behaart war, sogar der Hintern. Ein fetter Affe. Aber er tat Tim trotzdem leid.

45.

Gloria konnte nicht schlafen. Sie stand auf und ging ins Wohnzimmer. Charly saß in einem Eames-Lounge-Chair und las ein Buch.

»Fortschritt ist die Verwandlung des Überflüssigen in das Notwendige«, sagte er. »Guter Spruch. Könnt ich in eine meiner Reden einbauen. Man vermeidet überflüssige Schmerzen, indem man das Notwendige zahlt. Na ja, nicht so besonders clever, oder? Ich gehe oft in die Buchhandlung König in der Altstadt. Da liegen immer die merkwürdigsten Intellektuellenbücher rum. Ich kaufe mir die einfach danach, ob mir der

Umschlag gefällt. Die meisten sagen mir nichts. Aber manchmal finde ich eins, das richtig spannend ist.«

»Woher hast du eigentlich gewußt, wie du Neuenhofer am besten packen kannst?« fragte Gloria. »Bestimmt nicht aus Büchern.«

»Das ist reine Gefühlssache«, sagte Charly. »Talent, wenn du so willst. Ich spüre eben sofort, wovor jemand am meisten Angst hat.«

»Wovor habe ich denn am meisten Angst?« fragte Gloria.

Charly sah sie forschend an, aber auf eine freundliche Art.

»Du bist eigentlich sehr mutig. Aber du hast Angst, dein Leben zu verpfuschen.«

Gloria spürte, wie ihr Tränen in die Augen stiegen.

»Und du hast Angst davor, dich immer wieder auf die falschen Typen einzulassen.«

»Ach ja?« sagte Gloria und hielt die Tränen zurück.

»Tim ist zu schwach für dich, und das weißt du auch.«

Gloria wußte, daß Charly recht hatte, aber sie hörte das trotzdem nicht gern.

»Aber du bist der Richtige, was?«

Charly lachte. »Du glaubst, ich bin eifersüchtig oder was? Naja, bin ich vielleicht sogar. Ich mag dich. Du bist tough. Aber ich wäre mit Sicherheit auch nicht der Richtige für dich. Ich bin weiß Gott nicht der Typ, mit dem man eine Familie gründen kann.«

»Hey, wie kommst du denn auf das schmale Brett?« sagte Gloria. »Meinst du, so eine nette kleine Familie, die immer Gäste in einem netten kleinen Folterkeller hat? Was machst du eigentlich, wenn Neuenhofer nicht zahlt?«

»Der wird zahlen, daran gibt's überhaupt keinen Zweifel.«

»Charly, was machst du, wenn er es nicht tut?«

Charly stand auf, ging zum Fenster und drehte ihr den Rücken zu.

»Du kannst jederzeit aussteigen, wenn du willst.«

»Was machst du, wenn er nicht zahlt? Das ist doch eine ganz einfache Frage.«

Charly drehte sich um. »Dann werd ich wohl zu meinem Wort stehen müssen, fürchte ich. Ich werd ihm die Heckenschere zeigen, und ich werd sie auch ansetzen, und ich werd ihm zur Not auch einen Schnitt verpassen. Und dann wird er zahlen.«

»Hast du die Schere schon mal benutzt?«

»Das mußt du nicht wissen.«

»Ich will es aber wissen.«

»In meinem Job kommt es nicht darauf an, was man weiß, sondern auf das, was man glaubt«, sagte Charly und lächelte sie an. »Und jetzt geh ich in die Kiste. Ich bin müde. Morgen ist ein anstrengender Tag.«

46.

Natürlich konnte Neuenhofer nicht schlafen. Und das nicht nur, weil man das verdammte Licht nicht ausschalten konnte. Die Blutflecken an der Wand waren deutlich genug. Seine größte Angst war, daß die Typen ihn erst foltern würden, um seinen Willen zu brechen, und dann erst nach dem Geld fragten. Er hatte so was schon mal in einem Agententhriller gelesen. Er wollte einfach nur lebend und vor allem schmerzfrei hier raus. Irgendwie würde er danach schon wieder an Geld kommen. Hauptsache, es gab ein Danach. Warum war er auch nicht einfach ein stinknormaler Unternehmensberater mit einem mittelmäßigen, aber ausreichenden Einkommen geblieben, statt sich in so einen Schlamassel zu bringen? In einer stinknormalen Designer-Wohnung, mit einem stinknormalen BMW und einer stinknormalen Frau, die ihn bewunderte und ansonsten in Ruhe ließ. Er dachte an Kevins blonde Freundin. Genau so eine.

Als Neuenhofer aufwachte, sah er den Glatzkopf, der grinsend auf einem Hocker vor ihm saß. Er trug einen weißen Kittel und Gummihandschuhe. Unter seinem Kinn baumelte ein Mundschutz.

»Der OP ist nebenan«, sagte der Glatzkopf. »Da haben Sie es nicht weit.«

Das durfte nicht passieren. Er mußte das verhindern. Er mußte diesen Mann irgendwie überzeugen. Verdammt noch mal, mit seiner Überzeugungskraft hatte er sein Geld verdient. Viel Geld. Warum sollte er damit nicht sein Leben retten können?

»Hören Sie«, sagte Neuenhofer, »wer immer Sie auch sein mögen. Ich geb Ihnen ja das Geld.«

»Was glauben Sie, wie lange ich in dem Job arbeite?« fragte Charly.

»Das Geld ist hier in Düsseldorf. Sie haben es in einer Stunde, ehrlich.« Neuenhofer schluchzte.

Der Glatzkopf sah ihn traurig an.

»Also gut«, sagte er. »Bevor wir nach nebenan gehen, noch ein paar Worte. Das hier ist alles nicht persönlich gemeint. Ich mache nur meine Arbeit. Das heißt, ich habe nichts gegen Sie. Aber ich habe auch kein Mitleid. Mit Heulen kommen Sie bei mir nicht weiter.«

»Das Geld befindet sich in einem Müllsack. Und der Müllsack befindet sich unter den Holzbohlen meiner Terrasse. Bitte. Wirklich. Sehen Sie doch nach.«

»Sie versuchen nur Zeit zu gewinnen, Herr Neuenhofer. Das zieht bei mir nicht.«

Neuenhofer rannte zur Tür, aber der Glatzkopf hielt ihn auf und warf ihn auf die Pritsche.

»Das Geld ist in meiner Wohnung!« schrie Neuenhofer. »Es ist in meiner Wohnung!«

»Es reicht mir jetzt«, sagte der Glatzkopf. »Stehen Sie auf. Oder muß ich Sie hochprügeln? Das hätten Sie sich vorher überlegen müssen.«

»Es ist wirklich in meiner Wohnung«, schluchzte Neuenhofer.

»Na gut«, sagte Charly, »aber nur, weil heute St. Martin ist. Und wenn Sie gelogen haben, dann wird heute nicht nur ein Mantel in der Mitte durchgeschnitten.«

47.

Es regnete in Strömen. Gloria und Tim waren bis auf die Haut durchnäßt, als sie endlich die Holzbohlen entfernt und den Müllsack mit dem Geld herausgeholt hatten.

In Neuenhofers Schlafzimmer öffneten sie den zugeklebten Sack und leerten ihn auf dem Bett aus. Es waren abgezählte Geldbündel in Banderolen. Und es waren mehr als zwei Millionen, wie sie nach dem ersten groben Durchzählen feststellten.

»Dreieinhalb Millionen Mark«, sagte Tim. »Mir fehlen die Worte, echt. Ich weiß nicht, was ich sagen soll. Daß ich mal so viel Geld in den Händen haben würde, also wirklich.«

»Dafür, daß dir die Worte fehlen, redest du ziemlich viel«, sagte Gloria.

»Hast du auch wieder recht. Ich rede Blödsinn. Aber das ist ja auch kein Wunder.«

»Und was machen wir jetzt damit?«

»Was meinst du damit, was machen wir jetzt damit?« Tim wußte genau, was Gloria meinte, aber er wollte, daß sie es aussprach.

»Neuenhofer schuldet von Waltersheim zwei Millionen Mark. Das hier sind dreieinhalb Millionen. Bleiben also anderthalb Millionen übrig, wenn die Schulden beglichen sind und Charly seinen Anteil bekommt. Das meine ich damit«, sagte Gloria. »Und das weißt du auch ganz genau. Ich glaube, wir haben da ein kleines Dilemma. Was machen wir mit dem Geld? Geben wir es Charly? Oder nehmen wir uns vorher was raus?«

»An wieviel denkst du da so?« fragte Tim.

»An genau achtzigtausend Mark«, sagte Gloria. »Du kannst es dir vielleicht nicht vorstellen, und es ist jetzt auch egal, wie es dazu gekommen ist, jedenfalls habe ich bei der Düsseldorfer Stadtsparkasse achtzigtausend Mark Schulden. Achtzigtausend Mark, die ich jeden Monat mit fünfzehnhundert abbezahlen muß und die mir einfach die Luft nehmen. Verstehst du? Ich finde die Agentur, in der ich arbeite, zum Kotzen. Und ich weiß auch nicht mal so genau, ob ich meinen Job überhaupt noch gut finde. Aber ich muß einfach weitermachen, weil ich diese gottverdammten Schulden habe. Ein kleiner Griff in diesen Koffer, und die Sache wäre für mich erledigt. Was sind schon achtzigtausend Mark im Vergleich zu dreieinhalb Millionen. Peanuts, oder? Mögen wir nicht beide gern Erdnüsse, was meinst du?«

»Eine kleine Finanzspritze würde mir auch gut tun«, sagte Tim. »Mir schuldet ein Kunde noch knapp dreißigtausend Mark. Und ich glaube nicht, daß er sie freiwillig rausrücken wird. Das wären zusammen etwas über hunderttausend Mark. Das sind nicht mal zehn Prozent.«

»Aber das Geld gehört uns nicht, oder?«

»Es ist das Geld eines Betrügers. Er hat es anderen Leuten weggenommen.«

»Das nimmst du jetzt nur an. Was, wenn ein Teil davon sein eigenes ist?«

»Was, wenn wir mit dem ganzen Geld abhauen, Gloria? Für jeden von uns eindreiviertel Mio. Wie wäre es damit?«

»Das würde Charly nicht gefallen, glaube ich. Er würde uns suchen, und er würde uns auch finden.«

»Aber würde er uns auch was tun? Macht der nicht nur eine Riesenshow? Ich meine, das Blut an den Wänden in seinem Keller? Er hat selbst gesagt, daß es nicht echt ist. Genauso wie er sagt, daß er nur mit der Phantasie seiner Opfer arbeitet. Vielleicht hat er noch nie jemandem was getan?«

»Das glaube ich nicht«, sagte Gloria. »Ich fürchte, er muß irgendwann jemandem mal etwas getan haben. Er muß sich sein Image erarbeitet haben. Sonst würde er keine Aufträge bekommen. Und stell dir vor, wir hauen mit dem ganzen Geld ab. Wir würden ihn dazu zwingen, ein Exempel zu statuieren. Und ich möchte nicht wissen, wie dieses Exempel aussieht.«

»Und was, wenn wir uns, sagen wir mal, nur eine Million rausnehmen?«

»Was ist, wenn Neuenhofer das merkt und es Charly sagt? Eine Million ist kein Scherz. Wenn hunderttausend fehlen, ist das was anderes. Dann könnte Neuenhofer sich vielleicht geirrt haben. Damit könnten wir durchkommen. Meinetwegen auch hundertsechzigtausend. Ich meine, ich brauche achtzigtausend, und dann solltest du vielleicht besser genauso viel herausnehmen.«

»Ist schon in Ordnung«, sagte Tim. »Ich nehme nur dreißigtausend. Jeder von uns nimmt einfach nur das, was er unbedingt braucht. Das ist doch irgendwie gerecht.«

»Okay«, sagte Gloria.

Tim fand, daß er sich genau richtig verhalten hatte. Einfach mal alle Möglichkeiten durchgespielt und sich dann souverän für das Vernünftigste entschieden und Gloria auch noch den Vorrang überlassen, was die Höhe des Anteils betraf. Aber er hatte nicht das Gefühl, daß sie das richtig zu schätzen wußte.

»Ist doch eine gute Entscheidung so«, sagte er.

Gloria saß auf dem Bettrand und ließ den Kopf hängen. Tim setzte sich dicht daneben und legte ihr einen Arm um die Schultern.

»Wir müssen nur zusammenhalten, dann passiert uns gar nichts.«

Gloria stand auf, und sein Arm fiel herunter.

48.

»Fast dreieinhalb Millionen Mark«, sagte Charly, nachdem er das Geld auf dem Küchentisch gezählt hatte. »Ihr seid ja zwei brave Kinder. Wieso seid ihr damit nicht abgehauen?«

»Warum sollten wir«, sagte Tim. »Du würdest uns doch sowieso finden, oder?«

»Da könntest du recht haben«, sagte Charly.

»Eben«, sagte Tim. »Wir sind doch nicht blöd. Was wirst du denn eigentlich mit dem restlichen Geld machen?«

»Versteh ich nicht«, sagte Charly.

»Na ja«, sagte Tim. »Eine Million bekommt von Waltersheim, und eine Million bekommst du als Honorar. Bleiben immer noch fast eineinhalb Millionen, oder?«

Charly wurde kreidebleich. »Was glaubst du eigentlich von mir?« flüsterte er. Er sah Tim fassungslos an. »GLAUBST DU,

ICH WÄRE IRGENDEIN SCHEISS KLEINKRIMINELLER ODER WAS?« schrie er schließlich. »SCHON MAL WAS VON BERUFSETHOS GEHÖRT?«

Er atmete schwer. »Ich bringe Gläubigern gegen Honorar Geld zurück, das ihnen zusteht. Aber ich bin doch kein Dieb! Das Geld gehört selbstverständlich Neuenhofer!«

Seine Stimme wurde leiser: »Er hat mir gesagt, daß genau dreieinhalb Millionen Mark in dem Koffer sind. Und ich glaube ihm. Ihr seid Anfänger, und ihr habt vielleicht noch nicht so richtig verstanden, worum es in meinem Job geht. Ich arbeite gegen Honorar und liefere ein Ergebnis. Aber ich bereicher mich nicht nebenher. Ich geh jetzt kurz hier raus, und ihr legt das kleine Taschengeld, das ihr euch rausgenommen habt, wieder auf den Tisch. Und dann möcht ich nie wieder etwas davon hören.«

Tim sah auf den Boden. »Entschuldige, wir –«

»Danach steckst du die eineinhalb Millionen, die Neuenhofer gehören, in die Tüte. Dann gehst du runter zu Neuenhofer, gibst ihm seine Klamotten und das Geld, klopfst ihm auf die Schulter und rufst ihm ein Taxi. Okay?«

»Okay«, sagte Tim. Er sah Gloria an. Aber die schaute weg.

49.

Kevin hatte noch nie etwas von diesem Charly gehört. Aber Yücsel, der vor seiner Tätigkeit als Bodyguard für Jürgen Coenen als Mietschläger gearbeitet hatte, schon. Als Kevin ihm von der unheimlichen Stimme erzählte, von der Neuenhofer gefaselt hatte, fiel bei Yücsel sofort der Groschen. Charly war so was wie 'ne Legende. Da war mal irgendeine fiese Geschichte mit einer Heckenschere passiert. Keiner wußte was Genaues, aber die meisten nahmen natürlich an, Charly hätte jemand den Schwanz abgeschnitten. Jedenfalls hatten viele einen Mordsschiß vor ihm. Charly Klein. Stand sogar mit Adresse im Telefonbuch. So wie die Gartenlaube ausgesehen hatte, hatte der Dicke kaum freiwillig die Flatter gemacht. Dieser Charly mußte ihn sich geschnappt haben. Wenn er Neuenhofer da rausholen konnte, dann wäre der ihm noch einiges mehr schuldig. Auf jeden Fall hatte Kevin keine Zeit zu verlieren. Er steckte seine SigSauer ein, die er Jürgen zum Glück noch nicht zurückgegeben hatte, und fuhr nach Bilk.

Kevin parkte seinen Wagen auf der Martinstraße und ging dann durch die Einfahrt in den Hinterhof, in dem Charly Klein wohnte. Vor der Tür stand ein roter Ferrari Testarossa. Kennzeichen D-CK-1000. Verdiente offenbar 'ne Menge Schotter, der Typ. Ferrari hatte Jürgen auch mal gehabt. Aber 'n Unfallwagen, genauso wie der Jaguar jetzt. Hatte er auch schnell wieder abgestoßen. Der hier, das war 'ne andere Klasse. Und war gar nicht so blöd, hier in Bilk in 'nem Hinterhof zu hausen. Schön unauffällig. Er würde einfach ganz offen mit dem Mann reden. Vielleicht war Charlys Gewerbe ja sogar noch lukrativer, als in Security zu machen. Vielleicht könnte man da sogar zusammen was drehen. Kevin klingelte. Ein dünner Hering mit Hornbrille öffnete.

»Charly Klein da?«

Der Hering sah Kevin verängstigt an und antwortete nicht.

»Ja wat denn, du Komiker«, sagte Kevin. »Isser jetzt da oder wat?«

Ein großer breiter Typ mit Glatze schob den Hering beiseite. »Wer will zu Charly Klein?«

»Kevin Windich. Ich muß mit Ihnen über den Dicken reden.«

»Über welchen Dicken?«

»Neuenhofer. Jetzt tun Sie mal nicht so. Ich weiß schon Bescheid.«

»Was soll denn mit Neuenhofer sein?«

»Ich weiß, dat der hier ist.« Kevin sah den Glatzkopf triumphierend an. Trug so einen weitgeschnittenen schwulen Designer-Anzug. Und der dünne Hering mit der Brille war bestimmt auch eine Schwuchtel. Er öffnete seine Trainingsjacke, damit die beiden Komiker die SigSauer sahen, die in seinem Hosenbund steckte.

»Darf ich mal reinkommen und nachsehen?«

Charly Klein trat einen Schritt zurück und machte eine einladende Bewegung. »Tun Sie sich keinen Zwang an.«

Kevin ging Charly und dem Hering durch eine dunkle Diele nach, die in ein großes Wohnzimmer führte, dessen Fenster auf einen kleinen Garten zeigten. Die Einrichtung sah auch nicht gerade wie die von ‘nem Bilker Proleten aus. Nicht übel. Das war durchaus Oberliga so wie beim Jürgen.

»Ja und jetzt?« sagte Charly. »Willst du mit mir ‘ne Sightseeing-Tour durchs Haus machen oder was?«

»Gute Idee«, sagte Kevin und zog die Pistole aus dem Bund. »Wir sehen uns mal ‘n bißchen um. Und die Brille kommt mit.«

*

Brille hatte Tim jetzt schon seit zwanzig Jahren keiner mehr genannt. Die Bitternis erniedrigender Schulhoferlebnisse kroch ätzend seinen Hals hoch.

Der blonde Typ gab ihm einen Schubs. »Los, los, bißchen schneller, die Herrschaften. Wo geht’s da hin?«

»Schlafzimmer«, sagte Charly.

»Dann gehen wir da mal gucken.«

Charlys Schlafzimmer war ganz im japanischen Stil eingerichtet. Ein großer Futon lag auf dem Boden.

»Bißchen schwuchtelig für meinen Geschmack«, sagte dieser Kevin. »Aber euch gefällt das hier sicher, was? Na los, raus hier. Weiter geht's. Nächstes Zimmer.«

Das nächste Zimmer war die Küche. Und in der Küche lagen immer noch zwei Millionen Mark auf dem Tisch. Kevin klappte der Unterkiefer herunter. Charly machte einen Schritt auf ihn zu, aber Kevin riß sofort wieder den Arm mit der Waffe hoch, der leicht heruntergesunken war.

»Dat ist mir ja noch viel lieber als der Neuenhofer selbst«, sagte er. »Was für eine schöne Überraschung.«

Tim sah Charly an. Sein Gesicht zeigte keinerlei Bewegung, aber er ließ den Blonden nicht aus den Augen.

»Ihr zwei Schwuchteln geht jetzt mal schön ins Wohnzimmer und setzt euch aufs Sofa. Und dann besprechen wir mal, wie das weitergeht. Abmarsch.«

Im Fernsehen lief »Hier und Heute.« Sie zeigten einen St. Martinszug. Tim wünschte sich, wieder ein Kind zu sein. Naiv und unschuldig.

Hinter der offenstehenden Wohnzimmertür trat auf einmal ein Mann ins Zimmer. Er hatte eine Pistole mit langem Lauf und Schalldämpfer in der Hand. Er war genauso blond und groß wie dieser proletarische Kevin. Aber er sah wesentlich gefährlicher aus. Tim war froh, daß Gloria Zigaretten holen gegangen war, nachdem sie den sein Glück kaum fassen könnenden Neuenhofer mit seinen anderthalb Millionen Mark in ein Taxi verfrachtet hatten.

*

Alexej richtete seine Waffe auf den völlig überraschten Kevin und drückte ab. Nur ein gedämpftes »Plopp« war zu hören. Kevin taumelte rückwärts aus dem Wohnzimmer heraus und brach in der Diele zusammen. Es klingelte an der Tür. Charly blieb regungslos stehen und starrte auf die SigSauer, die Kevin aus der Hand gefallen war.

»Das ist Gloria«, sagte Tim.

»Du bleibst stehen, wo du bist«, sagte Alexej zu Charly. »Und du da, du gehst zur Tür und läßt sie rein. Keine Dummheiten.«

Tim ging an Charly vorbei und öffnete die Tür.

»Wie siehst du denn aus?« fragte Gloria. »Willst du mich nicht reinlassen?«

Tim sah zum Wohnzimmer hin. Der Riese mit der Waffe ließ ihn und Charly nicht aus den Augen. Charly machte mit der linken Hand, die der Riese nicht sehen konnte, eine Bewegung, die er nur als Aufforderung interpretieren konnte, abzuhauen. Plötzlich hörte er helle Kinderstimmen singen.

»Hier wohnt ein reicher Mann, der uns vieles geben kann. Vieles soll er geben, lange soll er leben, selig soll er sterben, das Himmelreich erwerben …«

Alexej war für eine Sekunde lang unentschlossen. Er war acht Jahre alt und sang in einem Kinderchor die Internationale.

Charly trat hart gegen den Lauf der Waffe. Im gleichen Moment machte Tim einen Satz nach draußen und warf Gloria um, die vor Schmerz aufschrie, als sie auf dem Boden aufschlug und Tim der Länge nach auf sie fiel.

Alexej schoß in die Zimmerdecke. Als er die Waffe wieder unter Kontrolle hatte, lag Charly mit dem Rücken auf dem Boden und schoß ihm mit Kevins SigSauer durch die Kinnlade in den Kopf.

»Bist du bescheuert oder was?« rief Gloria.

Tim riß sie vom Boden hoch. »Ich hab dir grade das Leben gerettet, verdammt noch mal. Los, nichts wie weg hier.« Er rannte los, an den Kindern mit den St.-Martinslampen vorbei, aber Gloria blieb stehen.

Sie fuhr sich mit der Hand über den Hinterkopf, sah völlig geistesabwesend aus. Und ging zu Tims Entsetzen plötzlich ins Haus. Sie mußte eine Gehirnerschütterung haben. Sie wußte nicht, was sie tat. Aber auch Tim wußte nicht, was er tat. Er hatte fürchterliche Angst. Er wollte zurück ins Haus, zu Gloria, zu Charly. Aber statt dessen rannte er in die entgegengesetzte Richtung. Er mußte es tun. Er kam einfach nicht dagegen an. Er rannte und rannte, bis er endlich wieder zu sich kam und fast vor Scham zusammenbrach. Er lief zurück, so schnell er konnte.

Aber es war längst zu spät.

*

Gloria hatte fürchterliche Kopfschmerzen. Die Hand, mit der sie ihren Hinterkopf betastet hatte, war blutig. Sie mußte sich den Kopf aufgeschlagen haben. In der Diele lag ein großer blonder Typ im Jogging-Anzug mit dem Gesicht auf dem Boden. Unter seinem Oberkörper breitete sich eine Blutlache aus. Sie ging an ihm vorbei. Im Wohnzimmer lag ein zweiter großer blonder Typ. Nicht auf dem Gesicht, sondern auf dem Rücken. Daneben saß Charly mit einer Waffe in der Hand. Gloria setzte sich neben ihn.

»Ich hab keine Lust mehr auf diese Scheiße«, sagte Charly.

»Guter Arbeitstitel für deine Biographie«, sagte Gloria.

»Warum bist du nicht abgehauen?«

»Ich weiß es nicht. Vielleicht hab ich einfach keine Lust mehr, abzuhauen«, sagte Gloria.

Charly legte einen Arm um sie. »Weißt du was?« sagte er. »Ich hatte in den letzten paar Minuten den größten Schiß meines Lebens.«

50.

Als Tim zurück in den Hinterhof kam, standen dort bereits zwei Streifenwagen. Charly und Gloria kamen aus dem Haus, gefolgt von zwei Uniformierten. Tim war erleichtert, daß beide lebten. Und noch erleichterter, daß sie ihn nicht sahen. Er machte sich davon. Langsamer als eben. Aber dafür, fürchtete er, auch endgültiger. Er schämte sich.

Er nahm sich wieder ein Zimmer im Etap-Hotel. Er legte sich ins Bett und schlief wie ein Stein. Als er am nächsten Morgen aufwachte, dachte er zuerst, alles sei nur ein schlechter Traum gewesen. Aber das war es natürlich nicht. Tim beschloß, sich einfach totzustellen. Er hoffte, daß Charly von selbst begriff, daß er nicht mehr für ihn arbeiten konnte, und ihn in Ruhe ließ. Er hatte die dreißigtausend Mark, wie Charly verlangt hatte, zurückgegeben. Das heißt, er war völlig blank. Aber wenigstens hatte er von Charly etwas gelernt. Und das würde ihm jetzt weiterhelfen.

Er hatte Glück. Salzmann war selbst am Telefon.

»Ich würde gern mit Ihnen über Ihr Übergewicht reden, Herr Doktor Salzmann«, sagte Tim.

»Wie bitte?« sagte Salzmann.

»Sie haben ganz schöne Fettwülste am Körper, Herr Doktor Salzmann. Und davon kann ich Sie befreien.«

»Was Sie nicht sagen.«

»Ich schneide sie Ihnen einfach mit der Heckenschere ab.«

»Jetzt hören Sie mir mal zu, Sie –«

»Sie schulden einem meiner Klienten siebenundzwanzigtausendfünfhundert Mark. Ich gebe Ihnen bis morgen Zeit, das Geld zu beschaffen. Sonst sind Sie –«

»Sie armer dummer kleiner Junge, Sie«, sagte Salzmann, lachte und legte auf.

51.

»Was heißt Held, ich denke, ich habe ganz instinktiv gehandelt«, sagte Charly. »Wir saßen da und spielten Skat, meine Frau war gerade draußen noch was Bier holen, da steht plötzlich dieser Irre mit der Maschinenpistole im Wohnzimmer. Kevin, der arbeitete ja in einem Security-Unternehmen, der hatte eine Waffe. Ich sagte noch, Kevin, laß, aber der versuchte es. Eigentlich ist er der wahre Held. Dieser Irre hat ihn einfach erschossen. Einfach so. Und sagt dann lächelnd, daß er alle Kinder erschießen wird, die zum Gripschen kommen. Das muß man sich vorstellen. Ich konnte nicht anders. Als ich die Kinder kommen hörte, ihre Stimmen, wie sie »Hier wohnt ein reicher Mann« sangen, hab ich mich auf ihn gestürzt. Und zum Glück lag da die Pistole vom armen Kevin. Ich meine, der Irre hätte das getan. Der hätte die unschuldigen Kinder erschossen.«

Charly streichelte Gloria, die lächelnd neben ihm saß, zärtlich über den dicken Bauch. »Na ja, das ist jetzt ein Jahr her, und das Leben muß weitergehen. Sehen Sie ja.«

»Die Identität des St.-Martin-Killers, der aus dem Nichts kam, konnte bis heute nicht festgestellt werden«, sagte die Interviewerin in die Kamera. »Dieser Vorfall ist ja nun zweifellos der Höhepunkt Ihrer Autobiographie, aber da gibt es noch viele andere sehr spannende Storys aus Ihrem Leben als Geldeintreiber, der immer hart am Rande der Legalität operierte. Sind diese Geschichten wirklich alle wahr?«

»Wenn die Realität spannend ist, wird sie auch immer ein bißchen unwahrscheinlich«, sagte Charly. »Was wollen Sie machen?«

»Wahrscheinlich ist jedenfalls, daß Ihr Buch der Bestseller des Jahres wird, denn die Verkaufszahlen steigen immer noch«, sagte die Interviewerin.

Neuenhofer sah das Interview mit Charly nicht, weil er sich zu der Zeit in Florida aufhielt. Er saß in einem sehr schönen kleinen Haus in Key auf der Terrasse, trank das erste Budweiser des Tages und dachte über ein vielversprechendes Konzept nach, das ihm das Geld anderer Leute zuführen sollte.

Ela war bei ihm gewesen, aber nach drei Wochen wieder nach Hause geflogen. Im Fernsehen gab es hier zwar wesentlich mehr Programme, aber leider verstand sie kein Englisch und hatte sich entsetzlich gelangweilt.

Keks sah das Interview auch nicht, weil er auf dem Stoffeler Friedhof lag. Seine Überlegungen waren voll korrekt gewesen. Die Hintermänner des Holländers reagierten professionell und machten wegen eines einmaligen Verlustes von ein paar Kilo Kokain keinen Aufstand. Problem war nur der Bruder von Nasigoreng, der den Vorfall persönlich nahm und extra aus Borneo herüberflog, um die Sache zu bereinigen.

Tim verpaßte das Interview mit Charly ebenfalls. Er saß an seinem Schreibtisch und arbeitete an der siebten Fassung des Drehbuchs, das er morgen abgeben mußte. Angelika hatte großartig reagiert, als er wieder zurückkam. Aber er hatte ihr auch gezeigt, daß er es wert war. Seit einem halben Jahr überarbeitete Tim für eine Kölner Filmproduktion die Dialoge in Sitcom-Drehbüchern und hatte damit zum ersten Mal ein regelmäßiges Einkommen.

Selbst wenn Tim Zeit gehabt hätte, wäre es ihm trotzdem nicht möglich gewesen, das Interview zu sehen. Angelika hatte sofort das Fernsehgerät verkauft, als sie schwanger wurde. Klein-Quentin sollte schließlich gewaltfrei erzogen werden.

Tja, und der *Karlplatz*, den man von Neuenhofers Penthouseterrasse aus so schön überblicken konnte und den Tausende von Düsseldorfern jahrzehntelang immer fälschlicherweise als *Karlsplatz* bezeichnet hatten, war inzwischen offiziell zum *Carlsplatz* gemacht worden. Das ist das Schöne am Falschen. Wenn man es lang genug macht, wird es auf einmal richtig.

Ende

DÜSSELDORF-KRIMIS

Edgar Noske: TOTE ROSEN
Düsseldorf Krimi 1
Broschur, 200 Seiten, ISBN 3-924491-84-4

In einem ausgebrannten Wohnanhänger in der Urdenbacher Kämpe werden zwei Leichen gefunden: Heiko Tänzer, Ex-Stürmer-Star der Fortuna, und eine unbekannte Frau: Rosa Quist, wie ihre Schwester Verena behauptet. Eigentlich unmöglich, denn Rosa verunglückte sechs Monate zuvor tödlich. Oder doch nicht? Besteht ein Zusammenhang zwischen ihrem Tod und den Vorgängen in Schloß Elbroich? Und warum findet Rosemarie Nitribitt Jahrzehnte nach ihrem gewaltsamen Tod keine Ruhe? Fragen, auf die Gino Hoffmann, Düsseldorfer Detektiv wider Willen, Antworten sucht. Eine Suche, die ihn in einen Abgrund aus Gier, Neid, Haß und Mord führt. Eine Suche mit tödlichen Konsequenzen.

Niklas Frost: EXTRA TOUR
Düsseldorf Krimi 2
Broschur, 230 Seiten, ISBN 3-89705-117-6

Die Leiche, die ans Rheinufer neben den Landtag angeschwemmt wird, hat eine Kugel im Kopf. Rainer Pfaff, dem Inhaber eines Journalistenbüros, ist wohl der schwungvolle Handel mit Skandalgeschichten zum Verhängnis geworden. Oder die ministerielle Sex-affäre, die den Zeitungen das Sommerloch stopft. Hans Stamm, Journalist von der Düsseldorfer Redaktion des »Magazins«, sucht die Antworten. Mit Nadja Winter, der schärfsten Waffe des Revolverblattes »Extra« liefert er sich ein Recherchewettrennen mit tödlichem Ausgang. Selbst das BKA interessiert sich plötzlich für die Morde zwischen Regierungsviertel und der größten Kirmes am Rhein. Stamm gerät in Verdacht, seine Beziehung zu Eva ins Schlingern und der Fall zu einer Politaffäre, die eigentliche eine Nummer zu groß für Stamm ist. Aber Stamm will mit dem Kopf durch die Wand.